KB095528

윤보영 감성시 쓰기 공식 10

# 윤보영 시인처럼 감성시 쓰기

윤보영 감성시 쓰기 공식 10

# 윤보영 시인처럼 감성시 쓰기

**펴낸날**　초판 1쇄 2023년 5월 15일

**지은이**　윤보영
**펴낸이**　서용순
**펴낸곳**　이지출판

**출판등록**　1997년 9월 10일
**등록번호**　제300-2005-156호
**주소**　03131 서울시 종로구 율곡로6길 36 월드오피스텔 903호
**대표전화**　02-743-7661　팩스 02-743-7621
**이메일**　easy7661@naver.com

**책임편집**　권영조
**디자인**　박성현
**인쇄**　ICAN
**물류**　(주)비앤북스

ⓒ 2023 윤보영

값 20,000원

ISBN 979-11-5555-199-8　03800

윤보영 감성시 쓰기 공식 10

# 윤보영 시인처럼
# 감성시 쓰기

이지출판

저는 2013년부터 '윤보영 감성시 쓰기 공식 10'을 인터넷에 발표하고 전국 순회 강의를 했습니다. 그때 춘천에서 인터넷으로 '윤보영 감성시 쓰기' 영상을 많이 보았다며 자신도 감성시를 쓰고 싶다는 분을 만났어요. 그분은 곧 제 강의를 듣고 시를 쓰기 시작했고, 칠순 기념 시집을 펴냈습니다. 그분처럼 지리적·경제적·환경적 여건으로 시를 쓰고 싶어도 방법을 몰라 쓰지 못하는 분들에게 직접 도움을 드리고 싶어 유튜브 방송과 대중 강의를 하고 있지만, 그마저도 접하기 힘든 분들을 위해 이 책을 출간하게 되었습니다.

감성시는 일상에서 목마를 때 물 한 모금 마시는 정도, 즉 물그릇에 버드나무 잎 하나 띄워 급하게 마시지 않도록 도와주는 역할을 합니다. 바쁘고 힘든 일상에서 지치지 않도록 에너지를 불어넣어 주고, 꽃 한 송이를 보더라도 제대로 볼 수 있는 마음의 여유를 갖게 해 주는 거지요. 그러다 보면 삶에서 느끼는 갈증을 해소하고 얼굴 가득 행복한 웃음을 지을 수 있는 계기가 될 수 있다고 봅니다.

제가 감성시를 쓰게 된 건 20여 년 전 고향에 전원주택을 지어 이사하던 날, 아버지를 대신해서 저를 키워 주신 형님과의 추억을 글로 적어 가족들 앞에서 읽은 적이 있어요. 그때 감동의 눈물을 흘리는 형님을 보면서 '아, 이게 글의 힘이구나!' 하고 시를 쓰기 시작했습니다.

초등학교 5학년 때 담임 선생님이 '진달래 피는 소리를 들었다'는 친구의 일기장을 소개하면서 우리에게 진달래 피는 소리를 들어보라고 하신 말씀이 지금도 생각납니다. 그 뒤 산골 소년은 사물이나 자연과 대화하는 연습을 했죠. 심지어 장래 희망을 '아동문학가'로 적고, 진달래꽃이 피는 소리를 들어보려고 진달래나무에 귀를 대어 보기도 하고, 나무를 안고 얘기하거나 벌레 먹은 나뭇잎을 위로해 주면서 이런 행동들을 일기로 썼습니다.

산골 소년인 저는 월악산 자락에서 자라 바다를 본 적이 없고 책으로만 접했습니다. 어느 날 논에서 바람에 일렁이는 벼를 보고 파도치는 것을 상상했죠. 메뚜기는 물고기로, 날아다니는 새는 갈매기라 생각하며 시를 썼던 기억이 납니다.

아동문학가를 꿈꾸던 산골 소년은 2009년 대전일보 신춘문예에 동시(경운기 소리)가 당선되어 진짜 아동문학가가 되었습니다. 그리고 제 1회 윤보영 동시 전국어린이시낭송대회(2015. 8. 29. 서울 종로구 대학로 예술가의 집)에 초등학교 5학년 때 담임 오용진 선생님을 모시고 "선생님, 저

아동문학가가 되겠다는 꿈을 이루었습니다. 저에게 꿈을 심어 주셔서 고맙습니다" 하고 감사 인사를 드렸어요. 그동안 전국어린이시낭송대회를 5회 개최하였고, 올 여름 여섯 번째 대회를 열어 제2, 제3의 윤보영 시인을 키워 가려 합니다.

이 책에서는 제가 시를 쓰면서 느낀 점을 먼저 얘기하고 창작 사례를 소개합니다. 그리고 시 쓸 때 범하기 쉬운 실수를 바로잡는 방법과 자연이나 사물, 현상 등을 보고 감성시 쓰는 방법을 알려 드리겠습니다.

감성시를 쓰면
첫째, 일을 잘한다는 말을 듣게 됩니다.
둘째, 설득과 소통을 잘하게 됩니다.
셋째, 산 너머에 있는 연못을 볼 줄 아는 안목을 가집니다.
넷째, 일상의 스트레스를 줄이고 많이 웃으면서 행복을 느끼는 사람이 됩니다.

지금은 글을 쓰고 감상하는 수준이나 의식이 매우 높아 '국민작가 시대'라고도 합니다. 그러나 어릴 적 작가가 되고 싶은 꿈을 가졌지만 아직 그 꿈을 이루지 못한 분들을 위해 쉽게 소개한 '윤보영 감성시 쓰기 공식 10'을 잘 익혀서 시인이 되고, 시집도 펴내고, 베스트셀러 작가가 되시기 바랍니다.

감성시는 사진 한 장 찍을 정도의 감동적인 장면을 아름다운 말로 표현하는 것으로 사람을 감동하게 만들고 일상을 행복하게 해 줍니다. 저의 감성시로 많은 독자들이 행복을 느꼈듯이 여러분도 감성시로 사람들에게 행복을 주는 메신저, 행복 전도사가 되었으면 좋겠습니다.

　이 책에 담긴 감성시 쓰기 공식은 기성 시인이나 전통시를 쓰는 분이 아닌, 짧은 감성시를 쓰고 싶은 분들에게 시를 써서 대중과 소통할 수 있게 도와 드리기 위한 내용으로 구성되었다는 점을 말씀드리며, 직접 강의한 내용을 그대로 살려 현장감을 느끼게 했으니 이 점도 이해해 주시기 바랍니다.

　이 책이 나오기까지 도움을 주신 권영조 작가님과 제가 시를 쓰는 작가로 활동할 수 있게 배려해 준 가족, 경기도 광주 '이야기터 휴'에 시를 쓸 수 있는 집필 공간을 내어 주신 대한철강 박종구 회장님 내외분과 사진을 사용하도록 허락해 준 윤보영 팬카페 윤여준, 윤태영 작가님을 비롯한 많은 분들, 그리고 책을 만들어 준 이지출판 서용순 대표님께도 감사드립니다.

2023년 5월

경기도 광주 '이야기터 휴' 집필실에서

윤보영

제3부
## 맛깔나게 감성시 쓰기

제4부

# 대중이 좋아하는 감성시 쓰기

제1부

# 감성시 이해하기

감성시는 무엇일까?

감성시의 시작은 메모

# 감성시는 무엇일까?

감성시를 이해하기 위해서는 먼저 '시는 어려워야 한다', '시는 시인만 쓴다', '시는 길어야 한다' 등의 고정관념을 지우고 '시는 쉬워도 된다', '시는 일상에서 쓴다', '시는 읽어 주는 독자가 있어야 한다'는 생각으로 시를 써서 독자와 만나면 됩니다.

시와 소설, 수필을 고속도로 휴게소로 설명해 보겠습니다. 서울에서 부산까지 경부고속도로에는 많은 휴게소(양방향 32개, 한국도로공사 2021년 8월 경부고속도로 기준)가 있지요. 하행선 기준으로 만남의 광장에서부터 안성휴게소, 천안휴게소, 칠곡휴게소, 경주휴게소 등 다양한 휴게소가 등장하는 글은 소설이라고 보면 되겠습니다. 이 중 한 곳의 휴게소에 들러 라면 먹고, 커피 마시고, 기름 넣고 다시 출발하는 과정을 적으면 수필이라고 할 수 있어요. 그러나 휴게소에서 커피 한 잔 마시는데 커피잔에 커피를 좋아하는 친구 얼굴이 떠올랐다면 그 순간의 감정을 글로 표현하는 것이 감성시입니다.

예를 들어 동창회에 간다면 다음과 같은 감성시를 쓸 수 있겠지요.

커피를
좋아했던 그 친구
이번 동창회에 올까?

그 친구 보려면
서둘러야겠네
고향으로 출발!

지금은 감성시대입니다. 그래서 복잡한 세상을 살아가는 사람들에게 삶의 만족도를 높여 주는 데는 감성시의 역할이 매우 크죠. 감성시에는 긴 시와 짧은 시가 있는데, 긴 건 주로 '목적시' 혹은 '낭송시'라 할 수 있습니다. 짧은 건 제가 쓰는 한두 줄짜리 시입니다.

긴 시든 짧은 시든 모두 감동이 있다는 공통점이 있습니다. 짧은 시는 웃고 잊어버리는 시와 웃음 뒤에 가슴 깊이 여운으로 담기는 시가 있지요. 시는 짧게, 더 짧게, 아주 짧게 진화하고 있으며, 한 줄 시처럼 짧아도 감동과 생명력이 강한 시가 독자들에게 사랑받게 됩니다.

과거에는 시에 밑줄을 그어가며 '이 부분이 무엇을 뜻하는 내용일까?' 하고 분석하듯 감상하던 시절도 있었지만, 지금은 제목만 보고 신문을 읽거나 책의 차례만 보고도 그 책의 흐름을 파악하듯 시도 그렇습니다. 첫 문단을 읽어 보고 눈에 들어오지 않거나 감정을 파고들지 않으면 바로 다음 페이지로 넘기거나 책을 덮어 버리지요. 또, 한 편을 먼저 읽다가 책 쓴 배경을 알리는 '들어가는 말'이나 '차례'를 읽어 보기도 전에 덮어 버리지 않도록 독자의 시선을 끌거나 감성을 터치해 주는 시를 쓰는 것이 최선이라고 봅니다.

　그럼 감성시란 무엇일까요? 제가 이야기하는 감성시는 '사진 한 장에 담긴 장면을 아름다운 글로 표현하는' 겁니다. 아래 사진에 야생화 한 포기가 있습니다.

　　　① 아! 찬란한 여명을 딛고
　　　　산 넘어오신 우리 님!

　　　② 화장하고
　　　　나들이 준비하는 꽃

　등산하다가 우연히 산길에 피어 있는 야생화를 보고 ①처럼 거창하고 화려하게 표현할 수 있습니다. 이와 같이 야생화가 산을 넘어오려면 날개가 있거나 다리가 있어야 하는데, 이 꽃에 날개가 있나요? 아니죠. 다리가 있나요? 아니죠. 그냥 그 자리에 피어 있는 꽃입니다. ②처럼 "화장하고 나들이 준비하는 꽃"으로 표현한 부분을 설명해 보겠습니다. 화장하려면 화장품이 있어야 하는데 화장품은 어디에 있죠? 우리 집 화장대에 있습니다. 그런데 이 산속에 화장대가 있나요? 없죠!

이 야생화는 산 중턱에 그냥 피어 있는 겁니다. 그래서 있는 그대로 표현해야 합니다. 이것이 엄마가 좋아했던 꽃이라면 엄마는 그냥 "오! 우리 아가, 아이고 예뻐라!" 이렇게 얘기했겠죠. 그런데 오늘은 엄마를 대신해서 이 꽃이 엄마처럼 피어 있는 겁니다. 그러니 당연히 엄마가 보고 싶은 거죠. 그런 느낌으로 쓴 시입니다.

### 노루귀 _ 윤보영

산길을 걷다가
들꽃을 만났다
엄마가 좋아했던 꽃!
엄마는 나를
들꽃 같다고 얘기했었다
오늘은 엄마가
산길에 꽃으로 피었다
보고 싶은 엄마!

# 감성시의 시작은 메모

감성시는 사진 한 장에 담을 수 있는 장면을 아름다운 글로 적은 것입니다. 그래서 감동받은 장면을 있는 그대로 메모해야 합니다. "아! 산 넘어오신 우리 님이시여, 아침 화장을 하고 나들이 갈 준비하는…" 이렇게 표현하면 공감력이 떨어질 수 있습니다. 그냥 감동한 장면을 있는 그대로 메모하고 마지막에 생각 한 줄 넣으면 감동시가 됩니다.

### ▶▷▶ 이야기와 생활 속에 시상이 있다

시를 쓰기 위한 시상(詩想, 시를 짓기 위한 착상이나 구상)은 우리가 평소 이야기하는 내용이나 생활 속에 다 있습니다. 시를 배우는 분들이 "시인님, 저 시 못 쓰겠어요. 어떻게 써야 할지 모르겠어요. 어떻게 하면 시를 잘 쓸 수 있을까요?"라고 하소연하곤 합니다. 그러면 저는 얘기합니다. 친구와 통화한 내용을 녹음해서 글로 적으면 실제 대화에 나오는 내용이나 단어들로 5편의 시를 쓸 수 있다고요.

스스로 시상을 잡지 못하지만 대화 내용을 분석해 보면 시에 들어갈 이야기를 다 하고 있습니다. 다만, 그게 시상인지 모르고 이야기할 뿐입니다. 예를 들어 오늘이 제 생일이라고 가정해 보겠습니다. 그래서 친구에게 전화해서 이렇게 말할 수 있겠죠?

"친구야, 하늘이 맑고 바람도 신선하고 기분이 좋네. 이런 날은 분위기 좋은 카페에 가면 좋겠다. 한가해서 도로에 차도 적을 것 같은데 친구야, 오늘 내 생일인데 커피 마시러 갈까?"

이렇게 말하면 친구는 제 말에 핵심 내용이 없고 애매해서 '그래, 생일 축하해. 그런데 나 오늘 약속 있어!' 하고 동조하지 않을 수도 있어요. 그럼 어떻게 말해야 할까요? 키워드를 뽑아 보면 '오늘은 내 생일', '커피 마시고 싶네', '함께 커피 마실 소중한 사람을 찾는데', '네가 생각나는 거 있지', '저녁에 시간 되면 커피 마실까?' 등등이겠죠.

생일인 저는 수많은 사람 중에 커피 마시고 싶은 사람이 '소중한 너밖에 없다'고 했는데 거절할 사람 있나요? 약속을 뒤로 미루고 같이 마시지 않을까요? 이유는, 네가 나에게 가장 소중한 친구라고 고백했기 때문입니다. 이렇게 말한 내용을 중심으로 메모하는 겁니다.

시로 전환할 수 있는 메모의 주제는 '자랑'보다는 '실수나 부족한 것'을 사람들이 더 공감해 줍니다. 자랑을 늘어놓으면 '잘났어 정말!' 하며 안 읽을 수도 있습니다. 그리고 독자들은 '자신을 닮았거나, 자신과 비슷한 경험과 사례'를 좋아합니다.

#### ▶▷▶ 즉시 메모
"메모는 미사일보다 강력한 힘이 있다"는 말이 있습니다. 그렇죠, 메모는 즉시 해야 합니다. 그렇지 않으면 그때 감정이 희미해지거나 어떤 상황이고 어떤 느낌이었는지 기억나지 않을 수 있어요. 그래서 보거나 들은 내용의 느낌을 바로 메모해야 합니다.

메모의 힘은 무한합니다. 그 순간 느낀 감동을 메모하지 않으면 온전히 전달하기 어렵습니다. 생각, 여건, 여유, 시간 등 모든 상황이 포함된 배경에서 사진을 찍을 정도로 감동적인 장면을 만났을 때 곧바로 메모하지 않으면 그 기분을 그대로 나타내기 어려운데, 이것을 '상황 메모'라고 합니다.

이런 상황은 여러 가지 모습과 생각으로 나타납니다. '비(雨)'를 예로 들면, 아침에 내리는 비가 있고, 저녁에 내리는 비가 있죠. 소나기도 있고, 보슬비도 있어요. 추운 날 내리는 비, 더운 날 내리는 비가 있고요. 혼자 맞는 비와 누군가와 함께 맞는 비가 있고, 우산을 쓰고 맞는 비와 우산 없이 맞는 비 등 다양한 모습을 이야기할 수 있습니다. 상황 하나하나에 특성이 있어 그때 느낌을 메모하여 활용하지 않으면 내용이 변질될 우려가 있어요. 그래서 그 순간의 감정과 마음, 느낌을 메모하고 정리해서 시로 만들어 내는 것이 감성시입니다.


우리의 기억은 한계가 있습니다. 그 한계를 극복할 수 있는 건 결국 메모입니다. 메모할 때 주의할 점은 당연한 것을 당연하게 적으면 느낌이 약해집니다. 예를 들어 바다 냄새가 나고 갈매기가 보이면 바다가 나와야 합니다. 바다는 고향과 어머니로 얘기할 수 있고 여행으로 이어질 수도 있어요. 그런데 여행이 아니라 어머니로 표현하려면 바다와 관련된 상황을 전개하거나 어머니와 관련된 물건이 나와야겠지요.

예를 들어 바지락을 캐다가 아들이 온다는 소식에 서둘러 집에 가서 벗어 놓은 '어머니의 신발(장화)'이 그것입니다. 이것이 바로 감성시의 방향성이지요.

바다가 나오면 여행으로 생각할 수도 있지만, 마지막 한 줄은 당연한 것을 당연하지 않게 가야 합니다. 즉 바다가 나오는 것이 아니라 엄마의 신발을 가져와 당연하지 않은 뜻밖의 장면을 연출하거나, 더 강하게 치고 나가서 엉뚱하게 가는 겁니다. 시치미 뚝 뗀 채 팔짱 끼고 있거나, 질문을 툭 던지는 것도 마지막 한 줄을 쓰는 방법입니다.

글이 안 되는 메모도 뒤에서 의미 있는 한 줄을 만나면 감동을 주는 것이 감성시의 특징입니다. 또 기록과 메모는 다릅니다. 기록은 별도의 목적을 위한 것일 수 있고 특별한 패턴이 있지만, 메모는 짧게 사실을 적고 마지막에 생각 한 줄만 잘 넣으면 명품 시가 되거든요.

예를 하나 더 들어볼게요. 가계부(家計簿)에는 수입과 지출이 있고 마지막에 잔액이 나오죠. 수입은 매월 100만 원 고정으로 들어오고 보통 달은 80만 원 지출, 20만 원을 저축하는데 5월에는 어린이날, 어버이날, 스승의날, 생일 등이 있어 평소보다 40만 원을 더 지출해 마이너스 20만 원이라고 합시다. 여기까지 기록은 가계부이고, '다음 달은 아껴 써야겠다'라는 것은 메모입니다. 여기에 생각 한 줄을 감성적으로 표현해 "가계부도 이번 달은 마음이 무겁겠다"라고 쓰면 감성시가 되는 거죠. 이해되시나요? 이것이 한 줄의 힘입니다.

### ▶▷▶ 감성시는 독자가 주인공

시는 쉬운 것이 좋습니다. 어려우면 독자의 눈에서 멀어지죠. 독자는 첫 줄부터 '읽을 것인지 말 것인지'를 선택하거든요. 요즘은 컴퓨터나 핸드폰으로 시를 많이 읽고 시 제목을 먼저 만나게 됩니다. 제목을 보고 시를 선택하고, 첫 줄을 읽고 장황하면 다음 줄을 읽지 않고 페이지를 넘기거나 그 창을 닫아 버립니다.

이 상황에 빠지지 않으려면 감성시의 흐름을 이해하고 시와 관련된 고정관념(시는 어려워야 한다, 시는 길어야 한다, 시는 시인만 쓴다 등)에서 벗어나야 합니다. 시는 읽어 주는 독자가 있어야 생명력이 있어요. 그 생명력을 유지하려면 독자도 시를 읽고 얻어 가는 소득이 있어야겠죠. 그래서 그 시를 읽는 독자가 주인공이 될 수 있게 전개해야 합니다.

저는 초등학교 어린이들을 대상으로 시인학교를 열어 시 쓰기 강의를 하고 있어요. 한 학교에서 강의를 마치고 담임 선생님에게 '시집'을 선물했는데, 선생님이 바빠서 시집 받은 것을 잊고 있었답니다. 그런데

4일쯤 지난 후 한 학생이 이 시집을 읽고 있어 "얘들아, 이 시집은 너희들이 읽는 거 아니야, 어른들이 읽는 시집이야!" 했더니 그 학생이 "선생님, 다른 아이들은 이미 다 읽고 이제 제 차례가 되어 읽고 있는 거예요. 이 시는 다 이해되는데요"라고 했답니다. 그러자 선생님이 제게 이 시집을 아이들에게 선물해 줄 수 있겠느냐고 해 학생 수만큼 보내 준 적이 있습니다.

이렇듯 시는 독자가 주인공이 되도록 써서 시를 읽는 동안 투자한 시간에 대한 보상으로 감동을 얻게 해야 합니다. 그러면 그 독자는 제 편이 되고 평생 애독자가 됩니다.

아래 사진은 서울 강북구 우이동에 있는 카페(백란. 지금은 리모델링으로 내부가 변경됨)입니다. 이곳에 제 시를 시화로 만들어 테이블 유리 밑에 깔거나 창문에 걸어 둔 적이 있어요.

10여 년 전 이 카페에서 제 시 100여 편으로 시화전을 했는데, 그때 일행 셋과 같이 온 중년 여성이 갑자기 책상을 두드리며 큰 소리로 "윤보영 시인 이 사람 웃기는 거 아냐?" 하더라고요. 저도 일행들과 그 옆 자리에 앉아 차를 마시고 있었는데 '윤보영 시인'이란 말에 우리는 귀를 기울였고, 그 여성 일행은 당황해하며 무슨 일이냐고 묻더군요. 그러자 그분은 "내가 말도 안 했는데 왜 내 이야기를 여기에 써놓은 거야!" 하는 것이었어요. 순간 그들도 웃고 우리도 웃었습니다. 물론 "제가 윤보영 시인입니다. 죄송합니다" 이렇게는 못했지만 '성공했다!'는 생각이 들었어요. 당시 독자가 주인공인 시를 쓰기 위해 노력하고 있었거든요.

　저는 시집과 SNS 등을 통해 많은 시를 발표하고 있지만, 늘 시 속의 주인공은 독자입니다. 또 독자들이 "윤보영 시인은 어떤 마음으로 시를 씁니까?"라고 물으면 "행복한 마음으로 씁니다"라고 대답합니다. 행복한 마음을 그대로 아름다운 글로 표현함으로써 시를 읽는 독자를 행복하게 만들어 드리니 저를 '행복 시인'이라고 불러 주기도 합니다.

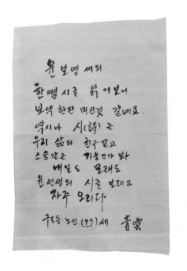

　한 번은 서울 구로동에 사는 79세 (2017년) 된 어르신이 제 시화를 붙여 놓은 카페에 이런 메모를 남겨놓고 가셨다는 얘기를 들었습니다. 이 메모는 제 팬이 사진을 찍어서 보내 주었습니다.

요즘 제게 감성시를 배우는 분들은 교육과정이 끝나면 동인시집을 내고 또 몇 분은 개인시집을 출간하고 있습니다. 그중 한 분에게 시집을 선물 받은 이가 이런 얘기를 했다고 합니다. "OOO 시인님 시는 시인님 개인 시라는 느낌이 들고, 이 시와 비슷한 윤보영 시인의 시는 읽는 내가 주인공인 것 같아요!" 이 얘기를 듣고 깜짝 놀랐다고 하네요.

하지만 놀랄 일은 아닙니다. 이제부터 독자가 주인공인 시를 쓰기 위해 노력하면 됩니다. 다른 사람의 하소연은 인내심을 가지고 듣지만, 자기 이야기는 밤새도록 해도 지루한 줄 모릅니다. 즉 독자가 주인공인 시를 쓰면 자신이 주인공이 되어 시 속에 들어가 자기 이야기를 하는 기분이 드니 지루할 수가 없죠.

▶▷▶ **일상에서 시상 잡기**

저의 시골집 앞에는 작은 냇물이 흐르고 냇물 한쪽에 감나무가 있어요. 그 옆에 평상이 있고, 여름에 발 담그고 더위를 식히던 기억이 납니다. 저와 같은 기억이 있는 분이 시를 쓰면서 비슷한 분위기를 내기 위해 방 안에 평상을 들여놓은 적이 있다고 합니다. 물을 떠다놓고 평상에 앉아 발을 담근 채 눈을 감고 매미 소리를 기다리는데, 지나가는 차 소리만 들리더라고 하네요.

이렇게 의도적으로 시를 쓰려고 하면 시상이 떠오르지 않고 그냥 일반적인 생각만 떠오르죠. 시를 쓰려고 하면 또 다른 생각이 떠오르고요. 그러다 보면 시시하게 끝날 수 있습니다.

　시는 인위적으로 환경을 만들어서 쓸 수 있는 것이 아닙니다. 편안한 일상에서 시상을 잡아 시 쓰는 방법은 10가지 공식을 소개할 때 사례를 통해 설명하겠습니다.

　제가 『그대가 있어 더 좋은 하루』(2004년, YBY)라는 여덟 번째 시집을 냈을 때 여기저기서 강의 요청이 왔습니다. 강의안을 만들면서 그동안 발표한 시들을 분석해 보니 시에 일정한 규칙이 있더라고요. 그 규칙을 정리해 '윤보영 감성시 쓰기 공식 10'을 만들었습니다.

　이 공식을 실제 한 분에게 적용해 지도했는데 신춘문예에 당선되었고, 이 공식으로 세 분에게 수업한 결과 한 분은 8개월, 다른 분은 1년, 또 한 분은 1년 반 만에 시집을 출간했습니다. 그렇게 검증받고 가능성을 확인한 다음 많은 분에게 강의하는 계기가 되었죠. 지금까지

30명(2022년 8월 기준)이 단독 저자로 시집을 냈고, 동인지(공동시집) 6권이 출간(2022년 10월 기준)되었습니다. 이 감성시 쓰기 10가지 공식은 아래와 같습니다.

제1공식 : 사물(사실) + 생각(추상) = 감동

제2공식 : 다리공식

제3공식 : 독자의 몫으로 돌리기

제4공식 : 알려진 이야기에 감정 넣기

제5공식 : 일상을 일상으로 메모하기

제6공식 : 극적인 반전 주기

제7공식 : 그림 그리기

제8공식 : 비교하기

제9공식 : 몰아가기

제10공식 : 제목으로 시 만들기

제2부
# 현상에 생각 더하기

[제1공식] 사물(사실) + 생각(추상) = 감동

[제2공식] 다리공식

[제3공식] 독자의 몫으로 돌리기

# [제1공식] 사물(사실) + 생각(추상) = 감동

제1공식은 사물이나 현상을 있는 그대로 표현하거나 사실적으로 펼쳐놓고 마지막에 작가의 생각 한 줄을 넣는 겁니다. 이 생각 한 줄은 시의 결론이자 핵심이죠. 이 한 줄은 당연한 것을 당연하게 나타내는 것이 아니라 반대로 표현하거나, 더 강하게 표현하기도 하고, 또 시치미 뚝 떼고 전혀 다르게 표현할 때 독자는 감동하게 됩니다.

제가 그동안 SNS 등을 통해 발표한 시 1만여 편 중 90% 이상이 제1공식을 직접 또는 간접 적용해서 쓴 겁니다. 이 공식을 적용해 어느 정도 쉽게 쓸 수 있는지는 '비(雨)'와 '별', '커피'를 주제로 여러 편을 이어서 쓴 것을 보면 알 수 있어요. '비'를 소재로 90여 편의 시를 쓴 것이 그 예입니다.

비는 아침에 내리는 비, 점심에 내리는 비, 저녁에 내리는 비, 어머니와 함께 맞는 비, 아버지와 함께 맞는 비, 우산 쓰고 맞는 비, 산에 가서 맞는 비, 들판에서 맞는 비처럼 '비' 소재 하나로도 수십 편의 시를 쓸 수 있습니다. 앞에서 나열한 '비'도 여러분이 만난 비와 제가 만난 비는 느낌이 다를 수 있죠. 이 '비'를 주제로 자신의 상황에 따라 있는 그대로 쓰고 마지막에 그 '비'를 맞을 때의 생각과 느낌을 적으면 그 '비'는 '감동비'가 됩니다. 사례를 들어 보겠습니다.

이 사진은 클로버입니다. 토끼풀이라고 하죠. 어린 시절 토끼풀 꽃으로 손목시계와 반지를 만들던 기억이 있을 거예요. 클로버는 대부분 세 잎인데 간혹 네 잎을 가진 것도 있습니다. 세 잎 클로버의 꽃말은 '행복'이고 네 잎 클로버는 '행운'을 의미한다고 알고 있죠. 혹시 네 잎 클로버를 찾아본 분 계신가요? 당연히 계시겠죠. 하지만 지금은 클로버 밭을 보기 어렵습니다.

그럼 우리에게 행운을 줄 거라고 믿고 있는 그 네 잎 클로버는 어디로 갔을까요? 그건 우리 추억 속에 남아 있습니다.

### 네 잎 클로버 _ 윤보영

들판에서
네 잎 클로버를 찾은 적 있지요
하지만 지금은
마음에서 찾고 있습니다
그대 생각이 행운이니까요.

이 시는 사실을 있는 그대로 먼저 쓰고 "그대 생각이 행운이니까요" 라는 한 문장을 마지막에 표현함으로써 이 시가 네 잎 클로버 대표 시가 됐습니다.

다른 사례를 보겠습니다. 선물은 주는 사람도 받는 사람도 기분 좋습니다. 그런데 선물을 받는 사람은 주는 사람의 정성이 들어간 선물을 더 좋아합니다. 그래서 편지를 쓰고 예쁘게 포장까지 합니다. 예쁜 포장지에 리본을 묶어 '내일 만나면 줘야지'라고 하면 이것은 선물을 주는 단순한 일상이 됩니다. 그래서 아래와 같이 썼습니다.

### 선물 _ 윤보영

"사랑합니다!"
자기 전에 이 말을
곱게 포장했습니다

꿈속에서 만나면
그대에게 주기 위해.


감성시는 결론 부분을 일상보다 좀 더 강하게 가거나, 약하게 가거나, 시치미 뚝 떼고 읽는 사람이 스스로 상상하게 하고 그 상상이 행복으로 느껴질 수 있도록 해야 합니다. 그러려면 감동이 있어야겠죠. 감동을 주려면 그냥 선물을 '내일 만나면 줘야지' 하고 밋밋하게 생각하는 것이 아니라 '꿈속에서 만나면 너에게 줄 거야'라고 감성적으로 표현하면 독자들은 감동합니다.

선물은 직접 산 물건을 "사랑합니다!"라는 표현으로 바꾸어 포장했습니다. 이처럼 선물 포장은 누구나 할 수 있겠죠? 그런데 이 선물을 내일 누군가를 만나서 주는 것이 아니라 "꿈속에서 만나면 그대에게 주기 위해"라는 표현으로 툭 치고 나가니까 이런 시가 됐습니다.

실제로 배달하는 선물 매장(아이스크림을 배달하는 경우도 있었음)에서 이 '선물'이라는 시로 만든 시화를 넣어 배달했더니 고객들이 감동했다는 얘기를 직접 들었습니다.


다음 사진은 오래된 무덤에서 나온 한글 편지입니다. 412년 전에 쓴 이 편지가 경북 안동지역에서 묘를 이장하는데 나왔다는 방송(1998. 4. 24. KBS 역사스페셜)을 본 적 있습니다. '무덤에 편지를 넣는다'는 표현에서 돌아가신 분에 대한 사랑을 절절히 느낄 수 있었죠.

저는 이 방송을 보고 '무덤에 빈 엽서를 한 번 넣어 볼까?' 하는 생각을 했습니다. 예전에는 사람이 죽으면 관에 노잣돈을 넣는 풍습이 있었

는데 제가 '빈 엽서'를 넣겠다고 한 것은 죽은 뒤에 적을 수 있게 제 무덤에 넣어 달라는 생각을 해 봤어요. 그 내용을 이렇게 시로 썼습니다.

빈 엽서 _ 윤보영

나 죽거든
빈 엽서 한 장 묻어 주오
죽어서도 그리워했다고
편지를 적게.

　죽음을 이야기해서 슬프지만, 빈 엽서 한 장 묻어 달라는 건 내가 그렇게 하고 싶다는 마음 또는 바람도 되기에 생각한 것을 그대로 적었습니다. 하지만 마지막에 "죽어서도 그리워했다고 편지를 적게"라는 생각과 다짐을 넣어 줌으로써 '빈 엽서'라는 감성시 한 편이 탄생했습니다.

별은 하늘, 사랑, 우정, 추억 등 다양한 의미를 생각하게 만듭니다. 언젠가 시골 밤하늘을 보고 '참 별이 많구나!'라고 생각한 적이 있는데, 그 별을 주제로 다음 시를 썼습니다.

별 _ 윤보영

오늘따라
하늘에
웬 별이 저리 많을까?
혹시, 너
내 생각하고 있니?

여기서 "웬 별이 저리 많을까?"를 있는 그대로 적었다면, 마지막에 "혹시, 너 내 생각하고 있니?"라고 내 마음을 표현했을 때 사람들이 공감해 줍니다.

어느 날 저녁 강의를 하는데 늦은 시간인데도 강의장을 가득 메운 교육생들이 초롱초롱한 눈빛으로 너무 집중해 듣고 있어 (이렇게 별이 빛나고 있으니) "오늘 강의 끝나고 집에 가실 때 큰일 났습니다. 또 지금 이 강의를 듣고 계신 여러분 외에 이 지역에 사는 사람들 큰일 났습니다. 하늘의 별이 다 여러분 눈에 들어가 반짝이니 어두워서 큰일 났습니다." 이렇게 '걱정'이라는 시 형식으로 얘기하니까 모든 분이 와~ 하고 박수를 쳤어요.

"오늘따라 하늘에 웬 별이 저리 많을까?"는 있는 그대로 적은 것이고 "혹시, 너 내 생각하고 있니?" 이건 작가의 생각입니다. 이를 응용해 이런 시도 쓸 수 있겠습니다.

별(모방) _ OOO

엄마, 있잖아
독서실을 나서는데
하늘에 별이 너무 많네
혹시, 지금
내 생각하고 있는 거야?

엄마가 이런 문자 메시지를 받았다면 기분이 어떨까요? 너무 좋겠죠!

저의 시골집 마당에 잔디를 심었습니다. 처음 잔디를 심었을 때 이웃에 사는 고종사촌 형님이 와서 제 어머니에게 이렇게 말했어요.

"아지매 보게, 왜 마당에 풀때기를 심었는고? 고추를 심으면 두 포대는 딸 텐데…."

맞습니다. 여기에 고추를 심었으면 두 포대를 딸 수 있고, 제가 그 고추를 선물로 받아올 수도 있겠지요. 실제로 마당에 고추나 파, 김장배추를 심는 사람도 있습니다.

하지만, 어머니는 잔디가 잘 자라면 주말에 손자손녀들이 와서 뛰어노는 모습을 볼 수 있고, 방학 때 할머니 집에 가겠다는 아이들의 기다림, 그리고 그 손자손녀를 그리워하는 할머니의 행복한 마음이 고추 두 포대 이상의 가치가 있다고 생각했던 거죠. 그래서 이 시가 탄생했습니다.

텃밭 _ 윤보영

마음 한자리에
텃밭을 일구었지요

사람들이야
고추며 상추를 심겠지만
나는
그대를 심겠습니다.

여기서 "그대"는 사랑하는 사람, 좋아하는 사람, 부모님, 자녀도 될 수 있고, 독자 관점에서 해석될 수도 있습니다.

언젠가 "시인님! 텃밭 시화를 구할 수 있을까요?" 하고 독자에게 연락이 왔습니다. 결혼하신 분인데 한 분이 많이 아팠나 봐요. 절망적인 상황까지 갈 정도로 아파서 요양 차 여행 갔다가 이 시를 우연히 보고 "그래, 우리도 시에서 그대를 심듯 사는 동안 사랑하는 마음을 담아 가며 살아갑시다"라고 다짐하고 이 시화를 받고 싶어 했지요. 저는 부부에게 텃밭 시화를 전해 드렸고, 이분들은 눈물을 흘리면서 받았어요.

이렇게 일상에서 하는 일을 그대로 적고 마지막에 생각 한 줄("나는 그대를 심겠습니다")을 넣어 줌으로써 '텃밭' 시가 탄생했습니다. 이 텃밭 시화는 많은 분들이 벽에 붙여 놓고 읽는다고 하네요.

어느 곳에서나 그리고 누구에게나 새벽은 차분하고 잔잔하게 느껴지지요. 새벽에 잠이 깨면 다시 잘 수도 있지만, 그 시간에 뭔가를 할 수도 있어요. 뒤척이다가 눈을 감고 어제 만난 친구를 생각하거나 짝사랑하는 사람에게 고백하지 못한 걸 후회하기도 하고, '다시 만나자는 연락이 올까?' 하는 등 많은 생각을 할 수 있는 건 "다른 생각들이 아직 자고 있기 때문"일 수 있습니다.

이 생각을 이렇게 표현하면 멋진 시가 만들어집니다.

### 새벽에 _ 윤보영

이른 새벽에
자리에 누워
그대 생각 많이 할 수 있는 것은
다른 생각들이 아직
자고 있기 때문입니다.

이 시도 사람들이 좋아하는 감성시 중 하나이고, 실제로 '영화관을 찾아온 시'(MG 새마을금고중앙회 극장 광고, 2016년)로 광고에 소개되었습니다. 이렇게 있는 사실을 그대로 표현하고 마지막에 생각 한 줄을 넣으면 시가 된다는 사실, 이해하시겠죠?

### 무더위 _ 윤보영

덥다 했지요?
잠을 못 잘 정도면
제 꿈을 꾸세요
그러면 제가
꿈속으로 팥빙수 가져갈게요.

'잘 자, 내 꿈 꿔!'라는 말이 유행하던 때(1999년, KTF 광고)가 있었어요. 이런 말은 얼마든지 할 수 있는데, 그 광고가 생각나서 '꿈속으로 배달

간다'라고 메모했어요. 더운 여름에 '팥빙수를 먹고 싶으면 꿈속에서 내 꿈 꾸고 배달시키면 내가 가져가겠다'는 내용으로 쓴 시입니다.

더운 날 '더운데 팥빙수 먹고 갈까?' 하면 단순한 일상이 됩니다. 거기에 '내 생각을 얹어서 먹으면 더 달콤할 거야', '더 시원할 거야'로 표현한다면 한 편의 시가 될 수 있어요. 예를 들어 등산하고 내려가면서 '내려가서 팥빙수 먹을까?' 대신 '내려가서 팥빙수 먹을 건데 네 생각 넣어서 먹으면 더 달콤할 거야' 이런 식으로 시를 쓸 수도 있습니다.

아래 사진은 사무실 복도에 놓인 우산입니다. 이것을 보면 출근할 때 비가 내렸거나 밖에 비가 내리고 있음을 알 수 있습니다.

사람에 따라서 흐린 날 기분이 우울할 수 있습니다. 우울한 기분은 계속 이어지는 것이 아니라 비가 개면 하늘이 맑아지듯 시간이 지나면 기분이 좋아질 수 있습니다. 그러면서 맑아진 하늘에 너의 얼굴 그리고 나도 그 하늘 보며 웃겠다는 말을 할 수 있겠지요.

상상은 얼마든지 할 수 있습니다. 우산을 보면서 저는 그런 생각을 했어요. '이 우산도 주인 퇴근 시간에 함께 퇴근할 텐데, 주인이 퇴근할 때를 기다리면 우산도 빨리 나오길 바랄 것이고, 주인이 즐겁게 일하면 우산도 즐거운 마음으로 기다리겠지?'

이런 경험들 한 번쯤 있을 거예요. 엄마가 대문 밖에서 집에 오는 자녀를 기다리는 경우가 있죠? 자녀를 기다리는 엄마 마음은 '기다림'입니다. 그렇게 보이고 느껴지죠. 일상에서 좋아하는 마음으로 즐겁게 일한다면 이 우산도 즐거운 마음으로 기다려 주지 않을까요?

출처 : https://m.cafe.daum.net/YUNBOYOUNG

이번에는 '창문'입니다. 카페 '백란'의 유리창에 제 시를 이렇게 적어 놓았습니다. 이 창문 옆쪽에 '창문'이라는 시를 보고 90세 되신 어르신이 손자, 손녀, 며느리를 불러 "얘들아, 나는 구십 평생을 살면서 이처럼 쉽게 쓴 시는 처음 봤다." 이렇게 평가했다는 이야기를 들었습니다.

## 창문 _ 윤보영

내 마음에
창문을 냈습니다
오솔길 먼 발치로
그대 오는 모습
빨리 보고 싶어서.

그래요, 그 쉬운 시, 있는 그대로 적고 마지막에 생각 한 줄 넣음으로써 구십 평생 처음 만난 쉬운 시가 된 것입니다.

우리가 살면서 편안함을 추구하거나 그런 생각을 하는 것은 그 자체가 꿈을 꾸는 것일 수도 있습니다. 다음은 꿈을 주제로 한 시입니다.

## 꿈 _ 윤보영

진종일
그대 생각했으니
오늘 밤엔
그대가 내 꿈을 꾸었으면.

'온종일 널 생각했으니까' 또는 '오늘은 네 생각만 했어'라는 말 얼마든지 할 수 있어요. '그러니까 너도 오늘 밤에는 내 생각 좀 해 줄래?'

이런 부탁을 할 수 있죠. "진종일 그대 생각했으니"까지는 있는 그대로 적고, "오늘 밤엔 그대가 내 꿈을 꾸었으면" 하는 바람이나 부탁하는 말을 마지막에 넣어 '꿈'이라는 시가 된 거예요. '있는 그대로 펼친다'는 건 사실을 연상하게 하고, 마지막 한 줄에 감성을 담아 주는 겁니다.

휴일이 되면 늦게 일어나고 싶고, 보고 싶었던 영화도 볼 수 있고, 여유롭게 편히 쉴 수도 있습니다. 하지만 바쁜 부분도 있지요.

왼쪽 사진에서 보듯 오늘은 휴일입니다. 휴일이라 여유가 있는데 바쁜 것이 딱 하나 있어요. 그것이 바로 '그대 생각'이라는 겁니다. '그대 생각'에 여유가 있다면 생각하지 않는 거겠죠. 생각하더라도 조금만 한다는 뜻입니다. 이것은 사랑이 식었다고 해석될 수도 있습니다. 이 상황을 시로 쓴 겁니다.

휴일 아침 _ 윤보영

오늘은 휴일!
그대 생각 말고는
다 여유가 있다.

다음 사례를 보겠습니다.

### 언젠가 그날 _ 윤보영

늘 가까이 있어도
보고 싶은 게 사랑이라면
멀리 있어도 생각나는 것은
그리움 아닐까요?

나는 차라리
그리움을 택하렵니다
언젠가 만날 수만 있다면.

1연에서 작가의 느낌을 나타냈고, 2연은 생각으로 마무리했습니다.

사랑은 좋은 거지요. 같이 커피 마시고, 같이 영화도 보고, 함께 걷고 있는 지금이 사랑이라면 '생각'으로 '아련함'으로 '기다림'으로 가슴에 담고 있는 것은 그리움입니다. 그리움을 택하는 데 단서를 붙였지요. "언젠가 만날 수만 있다면" 이렇게 표현했습니다. 언젠가 만날 수만 있다면 지금 헤어진다고 해도 받아들이겠다는 거죠. 하지만 언젠가 만난다 하더라도 헤어지는 것보다 지금 즐겁게 지내는 것이 더 좋겠죠.

다음에 커피 사진이 있습니다. 김이 모락모락 나는 것이 맛있어 보이네요. 커피 양은 호수가 들어가는 것이 아니라, 연못이 들어가는 것이 아니라, 그냥 물 한 컵 들어갈 정도밖에 안 됩니다. 하지만 이 커피 잔 속에 우주가 있다면 믿겠습니까? 믿지 못할 거예요. 그러나 이것도 있는 그대로 적고 나만의 생각을 넣어 준다면 한 편의 시가 됩니다.

우주 _ 윤보영

커피 한 잔에
우주가 있다면
못 믿겠지요?

그런데 어쩌죠?
우주만큼 넓은
그대 생각이 담겼는데.

또 커피를 마시다 이런 말을 할 수 있죠. "커피 속에 네 생각이 담겼어." "네가 보고 싶어!" "커피 잔에 네 생각이 있으면 믿겠니?" 실제로 그럴 수는 없지만 상상으로는 가능합니다. 그것을 시로 표현할 수 있어요. "우주만큼 넓은 그대 생각이 담겼는데"처럼 더 크게 확장해서 말예요.

또 다른 커피가 있습니다.

> 커피처럼 _ 윤보영
>
> 커피 좋아하죠?
> 나는
> 커피처럼 향기 나는
> 당신이 좋은데.

"커피 좋아합니까?" 하고 얼마든지 물어볼 수 있지요. 거기에서 "네, 좋아합니다" 하면 평범한 답이지만 "나는 커피처럼 향기 나는 당신이 좋은데"라고 답하면 깜짝 놀라겠죠. 한편으로는 가볍다고 생각할 수도 있지만, 오히려 전혀 다른 대답을 함으로써 질문자를 놀라게 하고 감동을 줌으로써 기분 좋은 커피 시가 될 수 있었습니다.

### ▶▷▶ 제1공식 정리하기

감성시 쓰기의 기본은 제1공식입니다. 짧은 감성시에서 도입 부분은 묘사로 시작하는데, 시작부터 상상하게 되면 독자가 공감하지 못할 수도 있어요. 시를 쓴 작가는 이렇게 생각한다고 마지막에 상상을 넣어줄 때 '아하, 그렇구나!' 하고 공감하게 됩니다.

저는 대부분 제1공식을 이용해서 시를 쓰고 있습니다. 제1공식만 잘 이해하고 써도 공감 가는 시를 많이 적을 수 있어요. 또 마지막의 생각 한 줄은 강하게 가거나 약하게 갈 수 있고, 질문하거나 생략한 채 시치미를 뚝 뗄 수도 있습니다.

## 감성시 쓰기 Tip

### ★ 감성시 중심 세우기

흔히들 시는 기·승·전·결이 있어야 한다고 합니다. 다만, 짧은 감성시에서는 현재에서 시작해서 과거나 미래로 갔다가 다시 현재로 돌아와야 합니다. 현재는 감동한 상황이나 사물 이름을 제시하고, 상황(상태) 설명 후 다시 결론에서 감동한 기분이나 생각을 쓰면 됩니다.

※ 기승전결 : 글을 체계 있게 짓는 방식으로 문제 제기→전개→전환→마무리

### ★ 일기장 이야기

감성시는 지금 자신의 감정을 있는 그대로 표현하는 것이 감동을 불러오기에 유리합니다. 처음부터 과장하거나 꾸미면 독자들은 거부감을 느끼게 됩니다. 처음 시를 배우는 분들에게 일기 쓰듯 적으라고 부탁하는 이유입니다.

일기는 하루 동안 있었던 일 중 특히 기억에 남는 사건이나 이야기를 기록하는 것인데, 그 내용을 거짓으로 적지 않아야 합니다. 거짓이라면 보여 주기식 일기가 되고 자신도 결국 읽지 않을 겁니다. 이런 이유로 일기는 사실대로 적어야 하고 마지막에 자기반성 성격의 생각 한 줄을 쓰면 됩니다. 다만, 일기는 범위가 넓지만 감성시는 그 범위를 좁혀서 독자가 그 상황을 자신의 상황으로 생각할 수 있도록 흐름을 이끌어 줄 필요가 있습니다.

# [제2공식] 다리공식

아래 사진은 제 집필실이 있는 '이야기터 휴'(경기도 광주시 도척면 추곡리)의 다리입니다. 이 다리는 주차장과 공원을 연결하는 역할을 합니다. 사진 오른쪽은 주차장이고 왼쪽으로 다리를 건너면 정원이 나옵니다.

주차장에서 정원으로 가기 위해 다리를 만들어 놓은 거죠. 그렇다면 이 다리의 애당초 목적은 건너가거나 건너오는 건가요? 그냥 구경만

하는 건가요? 당연히 사람들이 이동하도록 설치한 겁니다.

이처럼 다리의 목적대로 건너가거나 건너오면 그냥 다리의 역할로 끝납니다. 다리를 건너는 것이 일반적이라고 하면, 감성시에서는 '건너가지 않아도 건너간 느낌이 나도록' 시를 전개하는 것이 '다리공식'입니다. 즉 시를 읽고 나면 마음(느낌)이 건너가 있거나 건너와야 합니다.

서울 시내 한 카페 2층 벽에 '천장이 낮으니 머리 조심하세요'가 아니라 '쿵 부딪히면 아파요'라는 글씨가 쓰여 있었습니다. 이런 표시가 있는데 (물론 천장이 낮죠) 낮은 천장에 고개를 들어 부딪쳐야 할까요? 당연히 머리를 숙여 부딪치지 않도록 조심해야겠죠.

하지만 '쿵 부딪히면 아파요'라고 했을 때 시에서는 머리를 부딪쳐야 합니다. 부딪혔을 때 오히려 부딪치는 게 잘했다는 생각이 들도록 전개해야 합니다. 어떻게 보면 반전일 수도 있지만, 이렇게 '할 수 없는 것을 하는 것'이 다리공식입니다. 즉 다리를 건너가거나 건너오는 것이 아니라 건너가지 않아도 건너간 느낌이 나도록 전개시키는 겁니다. 그래서,

조심 _ 윤보영

쿵 부딪히면 아파요
그래서 부딪쳤다
그대 마음에.

대부분 부딪친다고 하면 당초의 목적대로 진짜 부딪친다고 생각하는데, 시에서는 부딪치는 자체를 사람들이 상상하지 못한 방향으로 마지막을 표현할 때 '부딪쳐라 부딪쳐라, 부딪치기를 잘했다'는 식으로 생각하게 됩니다.

### ▶▷▶ '그래서'로 결론 만들기

'그래서'라는 의미는 시의 결론을 끌어내는 데 필요합니다. "그래서 어떻게 됐는데?"의 답이 '그래서'라고 보면 됩니다. 시에서 '그래서'가 없으면 그냥 평범한 글, 싱거운 글이 될 수 있습니다. 결론으로 가기 위한 과정이라고도 할 수 있죠. 이야기하다가 정작 왜 그 이야기를 하게 됐는지에 대한 설명도 없이 마무리하면 글이 싱거워집니다.

다음은 아래 사진처럼 '한눈팔지 마!'라는 안내문입니다. '너와 내가 사귀기로 약속했는데' 상대방이 다른 사람에게 한눈팔면 당연히 기분이 안 좋겠죠. 그런데 이건 어떨까요? 한눈파는 것 자체를 '나한테 파는 겁니다!' 즉 나에게 집중한다는 의미로 받아들이게 말하는 것입니다. 이것을 다리공식을 적용해서 쓴 시입니다.

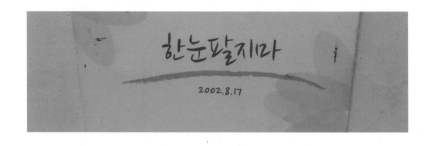

한눈팔지마
2002.8.17

행복 _ 윤보영

한눈팔지 마!
그래서 한눈을 팔았다
볼수록 정이 가는 당신에게.

너와 나 둘이 사귀는데 네가 한눈을 팔았어. 좋아하는 나에게 한눈을 판 거죠. 이것은 나한테 집중하고 있다는 의미이니 잘된 거 아닌가요? 그래서 한눈을 팔라고 얘기할 수 있다는 겁니다. 한눈팔았는데 제목은 '행복'이에요. 결국 한눈팔았다는 얘기는 당신에게 집중하겠다는 의미입니다.

### ▶▷▶ 감성시 쉽게 쓰기

시를 쉽게 쓰려면 고정관념을 버려야 합니다. 앞에서 설명한 '쿵 부딪히면 아파요'라고 했는데 부딪칠 수도 있고, '한눈팔지 마세요!'라고 했는데 한눈팔아도 용서가 됩니다. 이렇듯 감성시는 다양한 방법으로 해석될 수 있고, 쓰기도, 이해도 쉽다는 의미입니다.

청개구리는 어떻게 울까요? 우리는 '개굴개굴' 우는 것으로 알고 있지요. 그러면 이 청개구리가 누구와 울까요? 혼자 울까요? 아니면 아들, 손자, 며느리 다 모여서 밤새도록 같이 울까요? 노래 가사에는 밤새도록 운다고 합니다. 그래서 제가 청개구리에게 물어봤죠. 그랬더니,

"아닙니다. 시인님! 저는 알에서 깨어나 지금껏 하늘만 보고 자랐어요. 제 부모가 누군지, 할아버지, 할머니가 누군지 몰라요."

"그러면 어떻게 우니? 개굴개굴하면서 우니?"

"시인님, 천만의 말씀이에요. 저는 개굴개굴 울지 않아요."

청개구리 소리를 듣기 위해 인터넷(유튜브)에 '청개구리 울음소리'를 검색해 봤더니 아니었습니다. 지금까지 우리는 엄마 말 안 듣는 청개구리 때문에 엄마가 돌아가시면서 냇가에 묻어 달라고 했고, 청개구리는 정말 냇가 쪽에 묻어 두고 비만 오면 떠내려갈까 봐 운다고 배워 청개구리는 개굴개굴 운다는 고정관념을 갖고 있었지요. 이처럼 우리는 '시는 어렵다', '시는 길어야 한다', '시는 시인만 쓴다'는 고정관념을 갖고 있었습니다.

시는 어려워야 하는 것이 아니라 쉬워도 감동을 줄 수 있으면 됩니

다. 물을 마시는데 체할까 봐 버드나무 잎 하나 띄워 주는 것처럼, 바쁘고 빠른 일상에서 이 시가 잠시 쉬어 가는 역할을 할 수 있게 어려운 시가 아니라 쉬운 시, 즉 나무 그늘에서 쉬어 갈 수 있는 의자와 같은 역할을 할 수 있으면 됩니다.

그리고 '시는 길어야 하는 것'이 아니라 제가 한두 줄짜리 짧은 시를 써서 많은 독자에게 사랑을 받듯이 길지 않아도 됩니다. 또 시는 시인만 쓰는 것이 아닙니다. SNS(카톡, 밴드, 인스타그램 등)에 좋은 글, 멋진 글이 많이 있는 걸 보면 '시는 시인만 쓴다'는 고정관념은 버려도 됩니다. 시는 누구나 쓸 수 있고, 자신이 쓴 글이 '시인 같다'는 말을 들으면 이미 시인이 된 거라고 말씀드리고 싶네요.

운전학원에서 처음 운전 배울 때 코스별로 공식이 있습니다. 주차하거나 후진하는 것, 그리고 여러 가지 공식을 외워 시험을 보고 일상에서도 그때 배운 것을 그대로 적용해 운전합니다. 이와 같이 공식대로 쉽게 운전하는 것처럼 시 쓰기도 제가 만든 공식을 적용하면 쉽게 쓸 수 있습니다.

'약도 그리기'라는 말이 있습니다. 이것은 작가가 자기 관점에서 글을 쓸 때를 말하는데, 가끔 독자에 대한 배려 없이 시를 써서 어렵게 만드는 경우가 있죠. 예를 들어 지금은 내비게이션으로 모든 길을 찾아갈 수 있지만, 예전에는 약도를 그려 주었어요. 이사를 하면 친척이나 친구, 회사 동료들을 초대해 집들이를 하던 때가 있었죠. 그뿐 아니라 돌잔치를 하거나 다른 이유로 집에 초대할 때도 약도가 필요했어요.

"시내버스를 타고 파출소 앞에서 내려 도보로 50m 걷다가 좌측으로 돌아가면 전봇대가 보이는데 거기서 오른쪽 골목으로 30m 더 가면 빨간 대문 집이 우리 집이야!"

이렇게 알려 주지만 처음 가는 사람은 30m, 50m, 70m에 대한 감이 달라서 정확도가 떨어질 수 있죠. 또 감성은 하나가 아니고 사람마다 달라 독자 중심이 아니라 작가 중심에서 시를 쓰면 어려울 수 있어요. 그래서 시를 쓸 때는 독자를 주인공으로 해야 더 많은 사람의 관심을 받을 수 있습니다.

그럼 어떻게 해야 시를 쉽게 쓸 수 있을까요? 그건 '힘 빼기'입니다. 운동할 때도 몸에 힘이 많이 들어가면 다칠 수 있습니다. 그래서 달리거나 축구를 할 때, 산에 오를 때는 꼭 준비 운동을 해야 합니다. 근육을 풀어 주거나 유연하게 대응할 수 있도록 힘을 빼 줘야 하니까요.

일상에서도 시험을 앞두고 있거나 시험 보는 날이라든지 사람들 앞에서 발표할 때, 상급자에게 보고하기 전에 힘이 들어가면 끝나고 몸살이 날 수 있어요. 결국은 몸과 마음에 욕심(힘)이 들어갔기 때문입니다. 좋은 글을 쓰겠다는 욕심을 버려야 좋은 메모와 좋은 시를 쓸 수 있습니다.


다시 '다리공식'으로 가 보겠습니다. 예를 들어 복(福)이 땅에 떨어져 있는데 제가 이것을 주웠어요. 주웠으면 이 복은 누구 겁니까? 당연히 제 거라고 할 수 있겠죠. 그런데 이것을 제가 갖지 않고 다른 사람에게 줬는데 이 복이 다시 제 것이 될 수 있도록 글을 정리하는 겁니다. 갑자기 복이 하늘에서 떨어지면 이것을 누구한테 줄 수 있나요? 이 복을 "모두 너에게 줄 거야"라고 할 수도 있다는 거죠. 왜? "너의 행복이 곧 나의 행복이니까."

사랑은 이런 거야 _ 윤보영

갑자기 하늘에서
복이 떨어지면
모두 너에게 줄 거야

너의 행복이
곧 나의 행복이니까.

그러고 보면 우리는 남들에게 많은 복을 주고 있어요. 새해나 설날에
"새해 복 많이 받으세요" 하고 복을 다른 사람에게 나눠 주죠. 결국 복
을 많이 준다는 것은 다른 사람도 나에게 복을 주기 때문에 내가 마음
의 부자가 되는 겁니다. 시에서도 복을 내가 갖지 않고 상대방에게 줌
으로써 그 복이 오히려 나에게 다시 돌아온다는 의미로 전개했습니다.

다음은 자신의 내면을 들여다보는 방법을 알아보겠습니다. 내가 내
안을 들여다봤을 때, 내 가슴에는 분명 보고 싶은 사람 한 명이 있을
수 있어요. 가슴에 담고 사니까 보고 싶고 그리운데, 내 안을 들여다
봤을 때 내가 좋아하는 사람이 없어요. 그럼 누가 있는가? 너 있을 자
리에 내가 있는 거죠. 그러면 될까요, 안 될까요? 안 되죠. 좋아하는
사람이 가슴에 담겨 있지 않고 나만 있다면 용서가 안 되겠죠. 하지만

시에서는 용서가 되도록 해야 해요. 널 생각하고 있는 나만 내 안에 있다는 식으로 전개하면 됩니다.

내 안에 _ 윤보영

빼꼼
내 안을 들여다봤어
글쎄 너는 없고
나만 있는 거야
너를 생각하는 나만.

"너를 생각하는 나!" 이런 나를 용서할 수 있나요? 당연히 용서되죠.

다른 사례를 보겠습니다. 꽃은 "자세히 보아야 예쁘다"는 시가 있습니다. 그러니까 스쳐 지나가면서 봐도 예쁘다는 표현은 적절하지 않습니다. 그러나 이 또한 결론을 더 강하게 하면 지나치면서 보아도 이해가 되게 만들 수 있습니다.

그대라는 꽃 _ 윤보영

들꽃은 가끔
자세히 보아야
예쁘다는 말이 있습니다

하지만 그대는
지나치면서 보아도 예쁩니다.

　지하철을 타고 가다가 내려야 할 역에서 내리지 못했는데 출입문이
닫혀 버릴 때가 있습니다. 전동차 안에서 뭔가 골똘히 생각하다 못 내
리면 다음 역까지 갈 수밖에 없죠. 그러면 지각하거나 약속을 못 지킬
까 봐 허둥대는데, 설령 그렇다 하더라도 위로가 되고 용서가 될 수 있
어야 합니다. "내릴 역을 놓치지 않겠다고 정신 바짝 차리고 있었는데
그대 생각하다 지나쳐 버렸다"는 시를 쓰면 됩니다.

　　지하철에서 _ 윤보영


　　내릴 역을 놓치지 않겠다고
　　정신 바짝 차리고 있었는데
　　그대 생각하다 지나쳐 버렸습니다
　　역시 나는
　　바보인가 봅니다
　　사랑에 빠진.


　미처 내리지 못하고 다음 역까지 가서 되돌아오는 바람에 '나는 바보'
라고 얘기해도 '행복한 바보', '사랑 바보', '사랑에 빠진 바보'라는 말을
들을 수 있게 결론을 감성적으로 전환해 준 겁니다.

## ▶▷▶ 제2공식 정리하기

여기서는 다리공식을 이용해서 시 짓는 방법을 소개했습니다. 다리공식은 건너가거나 건너오는 행위를 하지 않으면서도 한 것처럼 느끼게 하는 겁니다. 이처럼 다리공식을 이용해서 시를 쓰면 독자들이 빙그레 웃거나 박수를 보내게 됩니다. 마무리를 전혀 생각지 못한 방향으로 전개할 때 감동받을 수 있거든요. 예시로 제시한 것처럼 부록에서 시 쓰기 연습을 직접 해 보는 것도 좋습니다.

## 감성시 쓰기 Tip

### ★ 모방과 발견

[모방] 시는 모방으로 쓴다는 말이 있습니다. 그만큼 처음 시작은 모방에서 시작해도 된다는 뜻이기도 합니다. 모방은 의미가 조금 다를지 모르지만, 조선시대 과거시험과도 같다고 생각합니다. 평소 글을 많이 읽고 시도 많이 지어보다가 과거시험장에서 시제를 받으면 기존에 익힌 글을 바탕으로 새로운 시를 쓰게 되죠. 좋은 글을 써서 급제하는 분들은 그만큼 연습을 많이 했다는 뜻이기도 합니다.

즉 지속적인 모방은 연습이고 그 연습 끝에 시상 잡기에 힘이 생기면서 자신만의 시를 쓸 수 있다고 봅니다. 모방은 그리스 시대부터 있었다고 하네요. 좋은 시를 많이 읽을 때 그 읽은 느낌으로 응용한 시를 쓸 수 있지만, 모방한 시를 경험과 습관, 환경적 체험 등을 바탕으로 자기만의 글이 되게 변형할 수 있어야 합니다.

주의할 점은 시집에 이미 누군가 발표한 문구를 그대로 사용하면 저작권 위반이 될 수 있습니다. 저작권 위반을 피하기 위해서는 좋은 시집, 그 시집 속 글귀를 메모하되 그 내용을 시 공부하는 데 활용하면 좋습니다. 또 사물을 직접 보면서 체험적 시를 쓰는 것이 저작권 침해를 피해 갈 수 있는 좋은 방법입니다.

[발견] 시에서 다른 사람들이 깜짝 놀랄 만한 멋진 비유를 발견하는 건 시인에게 최고의 영광일 수 있습니다. 그만큼 새로운 발견이 어렵고 중요하다는 의미입니다.

우리에게 익숙한 글귀 대신 새로운 비유를 찾아내려면 끊임없이 사물을 관찰하고 체험하면서 시를 써 봐야 합니다. '소리 없는 아우성', '나빌레라' 등은 누가 쓴 글인지 알 수 있죠. 이처럼 너무 잘 알려진 글귀를 내 글에 인용 표시 없이 사용하면 독자들은 실망할 수 있습니다.

새로운 발견은 우연한 곳에서 얻어집니다. 어느 선배 시인이 장롱문을 열다가 손잡이가 반질반질해진 것을 보고 손때가 묻어서 그렇다며 '때거울'이란 표현을 시에 담았고, 너무 기분이 좋아 지인들에게 저녁을 대접했다는 이야기를 들려주었습니다. 저도 지금까지 많은 시를 썼지만 제 시에서는 '커피' 시 속에 담긴 "아~ 그대 생각을 빠뜨렸군요" 이 문장을 독자들은 최고의 발견이라고 말합니다.


※ 소리 없는 아우성 : 유치환 시인의 '깃발' 시에서 인용
※ 나빌레라 : 조지훈 작가의 '승무' 시에서 인용

# [제3공식] 독자의 몫으로 돌리기

'독자의 몫으로 돌린다'는 건 독자 스스로 답을 하도록 유도하는 겁니다. 친절한 설명은 글맛이 약해질 수 있지만, 마지막에 반전으로 독자의 몫을 물음표(?)로 두거나 독자가 답하게 함으로써 글맛을 좋게 할 수 있습니다. 독자는 글 속의 주인공이 될 수 있고, 자기 경험과 지식 등을 고려해 감동 포인트가 됩니다.

파리(곤충)는 사람들에게 귀찮은 존재입니다. 하지만 이 파리가 앞다리를 비비는 모습을 보고 글을 적었습니다.

시골에서 _ 윤보영

당신 생각 방해한
파리를 꾸짖었더니
두 손 모아 비는군요
어떻게 할까요?

어떻게 하면 좋을까요? 이 시를 SNS에 공개했을 때 '파리채로 잡으세요', '약을 치세요' 등의 의견도 있었지만, '봐주세요, 귀엽잖아요'라는 의견이 대부분이었습니다. 파리도 시의 소재가 되면서 사람들로부터 '봐주세요'라는 답을 이끌어 냈습니다. 제가 답을 하는 게 아니라 독자들이 '봐달라'는 댓글을 달았습니다.

* 파리가 앞발을 비비는 이유 : 파리는 앞발로 맛을 느끼므로 발에 먼지나 오물이 묻으면 맛을 제대로 느낄 수가 없어 먹이인지 사물인지 구분하기가 어려워 앞발을 비벼서 항상 깨끗하게 닦는 거라고 합니다. [네이버 지식백과]

"자다가 눈을 떴는데 방안에 온통 네 생각만 떠다니는 거야. 생각을 내보내려고 창문을 열었어." 이런 상황은 얼마든지 있을 수 있죠. 잠을 자다가 한밤중에 일어났을 때 이런 생각이 들 수 있어요. 이런 상황을 경험해 본 독자를 생각해 마지막에 그들이 답하도록 유도했습니다.

어쩌면 좋지 _ 윤보영

자다가 눈을 떴어
방안에 온통
네 생각만 떠다녀

생각을 내보내려고
창문 열었어
그런데

창문 밖에 있던 네 생각들이
오히려 밀고 들어오는 거야
어쩌면 좋지?

누구나 경험했을 듯한 상황을 시로 쓰면 독자들의 공감을 충분히 끌어낼 수 있습니다. 앞에서 파리가 두 손 모아 비는 모습을 독자들이 이미 알고 "봐주세요, 귀엽잖아요"라고 답했던 것처럼 위 시에서도 마지막에 작가가 답을 하지 않고 독자에게 물었습니다. 어떻게 하면 좋을까요? 그냥 그대로 두고 생각하거나, 창문을 닫거나, 잠을 자거나 그것을 누가 하죠? 독자들이 작가 대신 하는 겁니다.

* '어쩌면 좋지' 시는 영화관에 찾아온 시(MG 새마을금고중앙회 극장 광고, 2016년)에 소개되었고, 중학교 1학년 국어 교과서에 등재(2014년)되기도 했습니다.

우산 하면 비가 생각나죠? 비가 오면 우산은 당연히 준비하겠지만, 보고 싶은 사람에 대한 그리움을 준비할 수도 있지 않을까요? 그대 생각을 준비할 수도 있죠. 비 오는 것만으로도 시 한 편을 쓸 수 있습니다.

비와 그리움 _ 윤보영

비를 따라
그리움이 내립니다
우산을 준비해야 할까요?
아니면 그대 생각을 준비할까요?

무엇을 준비하든 정답은 독자가 선택하도록 했지요. 우산이 아니라 '그대 생각을 준비하겠습니다.' 이것은 가슴에 내리는 비라서 그렇습니다.

장미는 많은 사람이 예쁘다고 말합니다. 예쁜 장미를 설명하는 방법으로 이런 시를 쓸 수 있습니다.

장미꽃 _ 윤보영

담장에 핀
장미꽃을 보다가
깜짝 놀랐습니다
왜
당신이
여기 와 있지?

질문을 던졌지만, 답하기 전에 이미 답이 나와 있습니다. 예쁘다는 거죠. 장미꽃 같다는 표현에 기분 나빠할 사람은 없습니다. 사진은 한 송이지만 덩굴장미는 넓게 펼쳐져 있죠. 그것을 있는 그대로 표현하면 '누가 당신 얼굴을 여기다 펼쳐 놓았지?' 이렇게 쓸 수도 있어요.

또 다른 사례를 보겠습니다.

### 욕심 많은 사랑 _ 윤보영

비가 오나
눈이 오나
아니, 날씨 좋은 날까지도
나를 생각해 달라고 하면
미움 받을까?

이 표현으로만 보면 당연히 미움을 받을 수 있지요. 좋아하는 사람이라면 사랑받겠지만, 별로 안 좋아하는 사람이라면 부담되겠죠. 하지만 여기서는 그냥 '좋아한다'고 보고 미움받는 것이 아니라 사랑받는다는 느낌으로 시를 이끌었어요. "비가 오나 눈이 오나 아니, 날씨 좋은 날까지도" 좋아하는 사람을 생각한다면 좋을 수밖에 없고, 미움을 받지는 않겠죠.

## 매미에게 _ 윤보영

밤낮 쉬지 않고
그리 열심히 울어대더니
태어난 자리에
허물만 남긴 채 떠난 매미야!

사랑 다음은
무엇이었니?

"열심히 사랑을 위해 울다 떠난 매미야, 사랑 다음은 무엇이었니?"라
고 물었습니다. 질문은 어려운 게 아니고 이처럼 쉽게 질문할 수 있습
니다. 또 새벽녘까지 가로등 아래서 목놓아 우는 매미에게 '매미야, 너는
밤을 새워 가면서까지 사랑 타령이니?' 이런 식으로 얘기할 수도 있고,
'기다림'을 가지고 매미와 연결해서 얼마든지 시를 쓸 수 있습니다.

* 매미는 '알-애벌레-성충' 단계로 이어지는데, 매미가 여름에 짝짓기를 통해 나무껍질 등
에 알을 낳으면 그 알은 1년 동안 나무껍질에서 생활하다가 알에서 깨어나 땅속으로 들어
간다. 알에서 깨어난 매미 애벌레(유충)는 땅속에서 나무뿌리 수액을 섭취하며 15회 정도
탈피하면서 성장한다. 이렇게 3~7년을 보낸 뒤 비로소 땅 위로 올라와 껍질을 벗고 성충
이 된다. [네이버 지식백과]

## 거봐 맞지 _ 윤보영

아침부터
이리도 보고 싶은 걸 보니
너도 나처럼
어젯밤
내 생각한 거 맞지?

맞지? 그렇지?

"맞지? 그렇지?"라고 물었을 때 '응! 맞아.' 이렇게 대답하거나 '아니야, 잠만 잤어.' 이럴 수도 있지만, 답은 독자가 하도록 했습니다.

다음 사진에는 붓이 작은 것부터 큰 것까지 다양하게 있습니다. 롤러나 큰 붓은 넓은 면적을 칠할 수 있죠. 낮에 밝음(환함)은 밤이 되면 어둠으로 칠이 됩니다. 그 어둠을 커다란 붓으로 칠했다고 생각하고 이렇게 시를 쓸 수 있어요.

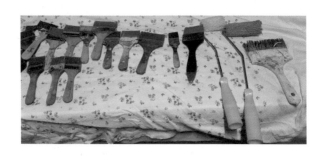

어둠 _ 윤보영

어둠, 너는
얼마나 큰 붓을 가졌기에
세상을 다 지우고
내가 사랑하는 사람
얼굴 하나만 그려 놓았니?

커다란 사진이 그려집니다. 독자가 말하는 듯한 느낌으로 대답하지 않아도 기분은 좋습니다. "얼굴 하나만 그려 놓았니?"라는 표현은 누구 얼굴을 얘기하는 걸까요? 이 역시 마지막 구절에 대한 답은 독자가 하게 했습니다.

입추 _ 윤보영

당신이 올 줄 알고
기다렸는데
가을이 먼저 왔네요

혹시 당신
가을인가요?


앞쪽 사진을 보고 "혹시 당신 가을인가요?" 이렇게 물을 수 있어요. 오지 않는 당신에 대한 아쉬움을 "가을인가요?" 하고 물으면서 안타까운 마음으로 표현했고, 대답은 독자가 합니다.

구절초 꽃입니다. 9월에서 10월까지 한 달 정도 피는 구절초를 보러 갔다가 이 시를 썼습니다.

꽃 앞에서 _ 윤보영

눈 감을 때
다가오는 사람이 있잖아요
그 사람이 왜
내 앞에 있지요?

혹시 내가

눈 감고 있나요?


마지막에 "혹시 내가 눈 감고 있나요?"라고 물었습니다. 눈 감으면 보고 싶은 사람 얼굴이 보이죠. 그런데 그 사람 얼굴이 지금 내 앞에 있다는 건, 보고 있는 것이 꽃이라는 겁니다. 시를 알고 이해하면 재밌어요. 이렇게 애절한 사랑을 표현할 수 있는 것이 시의 매력입니다.


비 _ 윤보영


비야!

이 새벽에

요란한 소리로 날 깨워놓고

보고 싶은 사람

생각만 내밀면 어떻게 하니?


새벽에 비가 요란하게 내리면 잠을 깰 수 있습니다. 그 후 뒤척이게 되고 이런저런 생각을 하게 되는데, 보고 싶은 사람이 떠오를 수 있죠. 마지막에 "보고 싶은 사람 생각만 내밀면 어떻게 하니?" 하고 툭 던져보는 형식으로 전개하면 이런 경험을 해 본 독자들은 공감할 거예요. 경험이 없다고 해도 시를 읽으면 쉽게 공감할 수 있습니다.

항구에 커다란 배가 있습니다. 여기는 바다겠지요?

항구 _ 윤보영

바다도 좁다며
저 큰 배가
내 가슴으로 들어오려 하네

바다보다 더 넓은
내 그리움을 어떻게 알았을까?

어떻게 보면 자기 고백에 가까운 시의 답을 질문으로 던졌습니다. 독자 스스로 답을 하는 사례로 보면 됩니다.

늘 그리워하는 사람이 다시 그리워질 때 '나도 보고 싶어!' 하는 상상적인 만남을 주제로 이렇게 쓸 수 있습니다.

부탁 _ 윤보영

바보처럼
내 안에 머물면서
보고 싶게 만들지 말고
밖으로 불쑥 나와서
"나도" 하고
얘기해 줄 수는 없니?

'나도 보고 싶었어', '나도 그리웠어', '나도 한번 만나고 싶었어' 이런 답을 듣고 싶었어요. 이런 "나도"를 기다리는 겁니다. 시는 이렇게 재미있게 쓸 수 있고 재미있게 읽을 수 있습니다. 재미있게 써야 재미있게 읽을 수 있지요.

▶▷▶ 일러바치기와 고백하기

'일러바치기'는 사물의 상태나 현상을 말하는 것으로 메모나 시상을 잡기 어려울 때 이것을 이용해서 생각을 넣고 시로 만드는 겁니다. 감성을 열 때 응용하기도 합니다. 그에 반해 '고백'은 심정을 미리 말하고 그 말을 긍정적으로 유도하는 겁니다. 당연히 긍정은 감동을 끌어냅니다.

예를 들어 '냉장고가 시원하지 않다', '밥솥이 밥을 맛있게 안 해 준다',

'화장품을 다 써버렸다' 이런 부분을 일러 준다고 하는 거죠. 그러면서 이유를 찾아야 합니다. '냉장고가 시원하지 않은 이유', '밥솥이 밥을 맛있게 안 해 주는 이유', '화장품을 다 사용한 이유.' 거기에다 생각이나 자기주장, 의견 등을 메모하면 그 자체로 시가 될 수 있습니다.

창고나 문을 여는 열쇠면 일상적인 열쇠지만, 이 열쇠가 '그리움'이나 '마음'을 열면 이런 시가 됩니다.

늘 잠겨 사는 마음 _ 윤보영

비를 내리는 구름이
그리움을 줄 테니
마음을 열어보라 하네

그립다 못해
홍수 진 그대 생각에

나올 수도 없고
들어갈 수도 없어
늘 잠겨 사는 게
내 그리움인 줄 모르고.

이미 가득 차 있어 열 필요가 없고, 부족하지 않아 채울 필요도 없다는 거지요.

이 떡갈나무 잎에 글을 적거나 편지를 쓸 수도 있습니다. 다만, 만일 비가 내리면 편지가 지워질 수 있어서 이 편지를 "내 마음으로 옮긴다"는 시입니다.

떡갈나무 잎에 적은 편지 _ 윤보영

떡갈나무 잎에
그리움을 적어 놓고 수줍습니다

갑자기 비가 내립니다
지워질까
내 마음에 옮겨 적었습니다.

공원 벤치는 누구나 앉아서 쉴 수 있습니다. 혼자가 아니라 두세 명이 앉아서 얘기할 수도 있죠. 그래서 이 벤치는 수많은 이야기를 간직하고 있습니다. 여기서 주고받은 이야기들을 이 벤치는 다 알겠죠? 이 벤치에게 무슨 이야기를 들었는지 알려 달라고 하면 어떨까요? 그 느낌으로 이런 시를 쓸 수 있습니다.

　　　공원에서 _ 윤보영

　　　벤치에 다가가
　　　사랑 얘기 들려 달라고 했더니
　　　내 안의 그리움을
　　　먼저 말해 보라고 한다

내 얘기 다 듣고 나서
사랑은 말로 하는 것이 아니라
스스로 느끼는 것이라며
충고를 건넨다.

"사랑은 말로 하는 것이 아니라 스스로 느끼는 것"이라고 저를 충고
합니다.

제가 강의하고 있는 사진입니다. 강의를 열심히 듣는 분도 있고 그렇
지 않은 분도 있습니다.

강의실에서 _ 윤보영

강의를 듣는데
남는 게 없군요

강의 시간에는
그리움의 문을 닫게 해 놓고
생각은 그대 향해
열어 두었나 봐요

그러나 이런 내가 행복해요.

"시인님, 저는 강의를 들었는데 남는 게 하나도 없어요." 이렇게 제게
일러바치거나 고백을 합니다. "그러나 이런 내가 행복해요"라고 자기주
장을 하는 겁니다.

한옥집 처마 끝에 풍경이 달려 있습니다. 풍경은 바람에 '땡그랑땡그
랑' 소리를 내지요.

풍경 _ 윤보영

처마 끝 풍경에
그대 생각 달았다가
혼났습니다
그립다, 그립다
밤새 울면서
기분 좋아 혼났습니다.


고백한 거지요. "풍경에 그대 생각 달았다가 잠도 못 자고 혼났습니다." 왜 못 잤을까요? "그립다, 그립다 밤새 울려서 기분 좋아 혼났다"고 했습니다. 자기 심정을 사실적으로 표현한 겁니다.


어떻게 하지 _ 윤보영

비가 오면
그대 생각이
더 간절한데
내일은
진짜 비가 온다고 했어

지금도 이렇게
보고 싶은데

내일은 어떻게 하지?

어떻게 하긴요? 그냥 생각하면 되는 거죠.

## 이슬 _ 윤보영

아스팔트를 뚫고 나온
풀잎에
이슬이 맺혔군요

아프도록 보고 싶은 마음을
참다 보면
나에게도 저런 날이 올까요?

"이슬이 맺히는 것처럼 사랑이 이루어질까요?" 하고 물었습니다. 답
을 어떻게 하죠? "예, 이루어질 수 있습니다"라고 대답할 수 있죠. "그
러니 기다리세요" 하고 격려할 수도 있겠죠. 물론 부정적인 대답도 있
지만 시의 목적이 긍정적 메시지를 전해 주기 위함이니 "안 됩니다, 기
다리지 마세요." 이렇게는 대답하지 않겠죠? 시를 읽는 독자들도 희망
의 메시지를 좋아합니다.

## 편지 _ 윤보영

얼마나 더 그리워야
당신이
내 마음에 쓴 편지를
읽을 수 있을까요?

"아직은 그리움이 모자라서 그 편지를 읽을 수 없어요. 더 생각하고 사랑할게요." 이런 자기 반성적인 시입니다.

## 비 오는 날 _ 윤보영

대지가 아니라
그리움 가득한 내 마음에
비가 쏟아지는 것은
당신 생각 더 하라는
깊은 뜻 아니겠어요?

"깊은 뜻 아니겠어요?"라고 물었습니다. "예, 맞습니다. 당신 생각 더 하라는 깊은 뜻이 맞습니다." 이렇게 대답할 수 있죠. 아니면, "아닙니다. 별말씀을요." 또 "아닙니다"라고 거부할 수 있고 부정적인 대답을 할 수 있는데도 "아니다. 맞다! 당신 생각 더 하라는 배려 때문이라는 깊은 뜻이 있었다." 이렇게 대답할 수도 있습니다.

'독자의 몫으로 돌리기'는 시를 쓰면서 질문은 작가가 하고, 독자에게 대답하는 역할을 하게 해 주는 겁니다. 독자에게 감동할 수 있는 계기와 역할을 줘 시를 읽고 감상할 수 있도록 만들어 주는 것이 필요합니다. 이런 것들이 감성시의 특징입니다.

독자들은 시간을 들여 시를 읽습니다. 작가는 그에 대한 보상으로 감동을 줘야 합니다. 읽어 주는 독자가 있어야 살아 있는 시라고 할 수 있습니다. 살아 있는 시를 쓰려면 독자의 역할, 즉 독자가 답을 하게 함으로써 주인공 역할을 하게 해 주어야 합니다.

## 감성시 쓰기 Tip

### ★ 좋은 시를 쓰기 위한 제안

처음 시를 쓰면서 흔히 범하는 오류는 작가의 경험이나 지식, 추억 등에 의존해 시를 쓰는 것입니다. 하지만 이런 습관에서 벗어나야 합니다. 그런 경험과 추억을 장황하게 늘어놓는 건 유리잔에 담긴 맥주 거품과도 같습니다.

또 시를 쓰면서 자기 굴레에서 벗어나지 못하면 실패할 수 있어요. 가정주부는 집, 선생님은 학교, 간호사는 병원을 벗어난 시를 쓰면서 어려움을 겪는데, 어느 수준에 이르면 자기 주변으로 돌아가 전문적(다른 사람이 흉내 내지 못하는 자기만의 시 세계)인 시를 쓰는 게 가능해집니다.

시를 쓰다 보면 어느 순간 벽에 부딪히게 됩니다. 이 현상이 짧게는 1~2개월, 길게는 1~2년 혹은 수년 동안 이어질 수도 있어요. 어느 시인은 신춘문예 당선 후 좋은 시를 써야 한다는 중압감과 들뜬 기분으로 오랫동안 시를 쓰지 못했다고 합니다. 저는 신춘문예 당선 통보를 받고 한동안 그 기분을 억누르기 위해 동시 100편을 썼던 적이 있습니다.

'유화운 시인의 시 쓰기' 강의 중에 "열심히 쓰다 보면 더는 쓸 수 없는 상황이 오고 그때부터 방황하게 되는데 더러는 1~2개월, 길게는 6개월에서 1년까지 가는 경우도 있지요. 이 과정이 지나면 유리잔에 담긴 진짜 맥주처럼 주옥같이 맛난 글을 쓸 수 있습니다"라고 했습니다.

글을 쓸 때 내가 알고 있는 것은 독자도 알고 있다는 것을 명심하고 자세히 설명하는 것은 되도록 피하는 것이 좋습니다.

## ★ 작가와 독자의 느낌이 같을 때

시를 쓸 때 가끔 작가 자신만의 생각으로 쓸 때가 있습니다. 그런 시는 독자가 이해하기 어렵습니다. 시는 시인이 A라고 적더라도 독자는 B나 C로 해석할 수 있고, 이것이 오히려 독자에게 시맛을 느끼게 하는 선물이 되기도 합니다. 물론 목적시는 목적한 대로 생각할 수 있도록 글을 전개해야 합니다. 그 전개를 글의 힘이라고도 하지만, 시 속에 작가만 아는 내용을 넣으면 독자는 이해하는 데 어려움을 겪게 되고 시맛을 느끼는 데 한계가 있습니다.

시를 쓸 때 주변 환경과 자기 마음, 당시 분위기, 자기 철학이나 시를 쓰고자 하는 목적, 시를 쓰는 방향 등을 반영하여 한 편의 시가 탄생하게 됩니다. 독자는 독자대로 시를 읽는 상황과 분위기 등이 있을 수 있으므로 다른 느낌으로 시를 해석할 수도 있습니다. 하지만 시인의 의도와 독자의 느낌이 같을 때 좋은 더 좋은 시가 될 수 있습니다. 시인은 시를 쓰면서 그동안의 내공(시심)에 무게가 담긴 깊이 있는 시를 쓰고 싶어한다는 점을 고려하면 충분히 이해됩니다.

일상 속에서 잠시 멈출 수 있는 제동장치 역할을 하는 것이 감성시입니다. 그러니 시를 읽고 독자와 시인이 같이 감동하려면 감추기보다는 드러내는 시, 그러면서 얕지도 않고 너무 깊지도 않은 '아!' 하는 감동을 가슴에 담을 수 있는 감성시가 필요합니다. 때로는 보충설명이 글맛을 잃게 할 수도 있으니 주의해야 합니다.

제3부

# 맛깔나게 감성시 쓰기

# [제4공식] 알려진 이야기에 감정 넣기

시는 '새로운 발견'이라고 했습니다. 알려진 이야기는 발견이 아니라 일상이죠. 일정 수준 이상을 기대하는 독자들을 위해 교과서적 이야기나 착한 이야기, 교훈적 이야기는 피하는 게 좋습니다. 감성시에서 '알려진 이야기'란 독자들이 이미 알고 있는 사실이나 일상 속 이야기를 말합니다.

'입시지옥', '계절의 여왕' 같은 비유를 느낌이 좋다고 해서 새로운 발견이라고 할 수 있나요? 오래전부터 사용되어 온 이런 단어는 사용하지 않는 것이 좋아요. 명언이나 격언, 속담, 옛날이야기는 이미 결론까지 알 수 있어 시가 싱거워질 수 있고, 더구나 알려진 이야기로 시를 쓰면 신비감이 떨어지고 시인에 대한 신뢰도 반감될 수 있습니다.

"아침에 일찍 일어나는 새가 싱싱한 먹이를 찾는다"는 말이 있습니다. 사진 속 두 마리(노란 점선 원 안) 새는 제가 아침 일찍 산책 나갔다가 만났습니다. 이 새들은 일찍 일어났지만 주변 풀숲에 사는 벌레들은 아직 자고 있을 수도 있습니다. 이 먹잇감(곤충)을 새들이 찾기 쉽다는 얘기지요. 이미 알고 있는 이런 사실로 시를 쓴다면 이렇습니다.

부탁 _ OOO

아침에 일찍 일어나는 새가
싱싱한 먹이를 찾습니다
그래서 일찍 일어나야 합니다.

이 시를 읽는 독자의 반응은 어떨까요? "시인님이나 일찍 일어나세요. 저는 좀 더 자야겠습니다." 이렇게 얘기할 수도 있겠죠. SNS 게시판에서 "일찍 일어나는 새가 더 많은 먹이를 찾습니다. 그러니 일찍 일어납시다"라는 내용을 본 적이 있어요. 이 글을 본 사람들이 댓글을 달지는 않았지만 동의할 상황은 아닐 수 있습니다. 왜냐하면 글로 권유하고 있지만 "선생님이나 일찍 일어나세요"라고 답을 할 수 있다는 사실입니다. 그럼 어떤 방식으로 메모해야 하는지 살펴보겠습니다.

아침에 일찍 일어난 새가

먹이를 찾기 위해

산으로 갈까?

(나무가 무성해 찾을 수 없어)


앞 냇가로 갈까?

(물이 말라서 고기가 없어)


산 넘어 논으로 갈까?

(어제 갔다가 못 잡았잖아)

연못으로 가야겠다.

(그곳에는 물이 있잖아)


　이와 같은 결정이나 망설임을 시로 써야 비슷한 경험을 한 독자들이 공감해 줍니다. 또 아침에 일어나기 위해 알람 시간을 5분, 10분 단위로 맞춰 놓고, 정작 울리면 누르고, 또 울리면 다시 누르는, 일어나기 싫은 당시 심정을 시로 적어야 합니다. 아침에 일찍 일어나자 하는 것이 아니라 실제로 경험했을 법한 망설임이나 기다림, 힘든 심정을 시로 적었을 때 사람들이 공감해 줍니다.

알람 _ 윤보영

옆방 알람 소리에
5분 빨리 일어났다
덕분에
그대 생각도
5분 빨리 시작했다.


이런 상황, 얼마든지 일어날 수 있죠. 이랬을 때 독자가 공감해 줍니다. 당연한 것을 당연하게 표현하면 안 되는 이유입니다. 신비감이 있어야 합니다.


저는 임대주택 100채를 지었습니다. 이 임대주택을 "임대료를 받지 않습니다. 선착순으로 분양합니다. 예쁘게 지었습니다"라고 했을 때, 사람들이 "저도 분양해 주세요", "저도 신청할게요" 했어요. 사실 저는 사진처럼 새들이 살 수 있는 집을 만들었습니다.

이렇게 새집을 만들고 '여기에 먼저 들어와서 자리 잡은 새들에게 무료로 분양하겠다', '가능하다면 새들의 먹이(땅콩 등)를 집 앞에 놓아 주겠다' 했을 때 사람들의 반응은 웃거나 '말도 안 된다'는 이도 있었지만 대부분 '말이 된다'며 공감해 주었죠. 이것은 우리가 이미 임대주택에 대한 개념을 알고 있기 때문이라고 봅니다.

아래 사진은 노란 호박과 빨간 사과, 예쁜 들꽃이 있어 참 편안하면서 행복과 여유로움이 느껴집니다.

이걸 보니 "사랑하는 것은 사랑받느니보다 행복하나니라"는 유치환 (1908~1967) 시인의 '행복'이란 시가 생각납니다. 이미 많은 사람이 알고 있는 시를 인용해서 쓰되 마지막에 나의 감정 한 줄을 넣으면 다음 '행복'이라는 시처럼 감동적인 시가 됩니다.

행복 _ 윤보영

사랑은
받는 것보다
주는 것이
더 행복하다고 했지요
그래서
내가 행복한가 봅니다.

밑이 깨진 독에는 아무리 많은 물을 부어도 채워지지 않습니다. 이 사실은 이미 알고 있죠. 설령 밑이 깨진 독을 뒤집어 놓아도 물을 담을 수 없어요. 이 밑 빠진 독을 이용해 이런 시를 쓸 수 있습니다.

끝없는 그리움 _ 윤보영

그대 생각
담아도 담아도
끝이 없는 걸 보니
내 그리움은
밑 빠진 독인가 봅니다.


충분히 이해할 수 있죠? 비슷한 말로 '한강에 돌 던지기'나 '화로 속
한 송이 눈'을 응용해서 시를 쓸 수도 있습니다.

* 한강에 돌 던지기 : 어떤 사물이 지나치게 미미하여 일하는 데에 효과나 영향이 전혀 없
  다는 말.
* 화로 속 한 송이 눈 : 서산대사(법명은 휴정, 1520~1604년)의 시 '홍로일점설(紅爐一點雪, 이
  리저리 시비하던 온갖 생각들이 '붉은 화로에 떨어지는 한 점 눈송이'에 불과하더라는 깨우침).

"콩깍지가 씌면 보이는 것이 없다"는 말 들어보셨죠? 이 말로 시를 쓰면 아래와 같습니다.

콩깍지 _ 윤보영

콩깍지가 씌면
보이는 게 없다고 했지요
그대 생각 가득한 나는
콩깍지가 아니라
콩밭입니다.

콩깍지 하나만 해도 보이는 게 없는데, 이 콩깍지가 많이 쌓여 있으면 보이는 게 아니라 말까지 못하게 할 수 있겠죠. 이처럼 "콩깍지가 씌면 보이는 게 없다"는 사실만 가지고 감동적인 글을 만들 수 있습니다.

'당신은 사랑받기 위해 태어난 사람~'(이하 생략. 이민섭 곡, 1997년)처럼 많은 사람이 이미 알고 있는 노래가사로도 이런 시를 쓸 수 있습니다.

사랑하는 이유 _ 윤보영

당신은
사랑받기 위해
태어난 사람!

그래서 내가 당신을
사랑해야 합니다.

내가 사랑하는 이유를 이렇게 표현한 겁니다. 그래서 "내가 당신을
사랑해야 합니다"라고 마무리했습니다.

"사랑을 나누면 배가 되고 아픔을 나누면 반이 된다지요." 그래서 사
랑은 더 커지게 하기 위해 나눠야 하고 아픔은 줄이기 위해 나눠야 합
니다. 이렇게요.

사랑과 아픔 _ 윤보영

사랑을 나누면 배가 되고
아픔을 나누면 반이 된다지요
하지만, 내 안의 그대 생각은
나눌 수가 없군요
그래서 날마다 담고만 있습니다.

'그대 생각은 나눌 수 없다'는 강조로 감동을 이끌어 냈습니다.

다음 사진에는 거미가 줄을 쳐서 먹이가 걸려들도록 했네요. 이것을
사랑으로 연계하면 이런 시를 쓸 수 있습니다.

거미 _ 윤보영

거미는
먹이를 구하기 위해
거미줄을 치고
나는 그대 그리움을
간직하기 위해
그대 생각을 엮는다.

그리움에 그대 생각을 촘촘히 엮지 않으면 그리움이 줄어들겠죠? 거
미줄이 촘촘하지 않으면 먹이가 걸리지 않고, 그대 그리움이 촘촘하지
않으면 둘 사이가 멀어진다는 의미를 담았습니다.

　북한산 둘레길은 그림처럼 제1구간(소나무쉼터)에서 출발해 한 바퀴를 돌면 출발했던 장소가 나오고, 반대로 가도 출발했던 장소가 나옵니다. 둘레길로 이런 시를 쓸 수 있습니다.


　둘레길 _ 윤보영


　둘레길은

　앞으로 가도

　이곳으로 돌아오고

　뒤로 가도

　다시 이곳으로 온다

지도를 보면 안다

그리움도
앞으로 가면 너한테 가고
뒤로 돌아가도 너한테 간다
가 봐서 안다.

'둘레길은 지도를 보면 알고, 내 그리움에는 가 봐서 안다'는 거죠.

둘레길을 응용해 서울지하철 2호선(순환선) 노선표를 가지고 시를 지어 보겠습니다. 서울지하철 2호선 노선은 성수역에서 출발하는데, 여기서 뚝섬 쪽으로 가서 한 바퀴 돌면 성수역으로 오고, 또 건대입구역 쪽으로 가서 한 바퀴 돌면 다시 성수역으로 옵니다. 이것을 시로 썼습니다.

순환열차 _ 윤보영

서울지하철 2호선은
뒤로 갈 수 있는
그대 기억과 달리
앞으로만 달려야 해.

　만약 지하철이 역주행한다면 사고가 나겠죠. 그런데 그대 생각은 뒤로 돌아가서 역주행한다고 사고가 납니까? 사고는 안 나지만 '빙그레' 웃음이 나올 수 있습니다.

　은행마다 설치해 놓은 현금지급기 사진입니다. 돈을 찾을 수도 맡길 수도 있죠. 은행에 돈을 맡기면 이자가 늘듯 그리움도 예금을 한다면 이자가 붙어 부자가 될 수 있지 않을까요? 갑부가 되겠죠.

## 갑부 _ 윤보영

남은 그리움을
은행에 맡겼다면
나는 벌써
갑부가 되었을 텐데.

그만큼 그리움이 많다는 것을 표현한 시입니다.

기러기는 높이 날아갑니다. 내 그리움도 쌓을 수만 있다면 높이 쌓을 수 있겠죠. 너무 높게 쌓아 기러기가 날아가다 부딪칠 수도 있습니다. 어찌 보면 '말도 안 되는 소리'라고 할 수 있으나, 시로 보면 이해되고 공감할 수 있습니다.

기러기 _ 윤보영

내 그리움이
얼마나 높이 쌓였으면
날아가는 기러기가 부딪쳤을까?

기러기가 날아가다가 부딪친 건 그만큼 그리움이 많다는 의미입니다.
기러기가 높이 난다는 사실을 응용해서 내 그리움을 표현했습니다.

산책로가 있는 숲입니다.
나무들이 빽빽이 들어서 있
어 울창해 보이는 이 광경을
시로 썼습니다.

그리움 _ 윤보영

산에
나무가 가득한 것을
울창하다고 하지요

내 안에
그대 생각 가득한 것은
무어라 부르면 좋을지요?

뭐라고 부를 수 있나요? '그리움'이라고 부를 수 있죠. 뒤에서 다시 설명하겠지만, 시 제목이 시의 일부가 되게 전개했습니다.

항아리 주변에서 술래잡기(숨바꼭질)를 할 때는 항아리 뒤에 숨어 찾지 못하게 해야 합니다. 쉽게 찾을 수 있게 숨는다면 의미가 없겠죠. 숨을 때는 숨는 목적이 있습니다. 나를 보고 찾아 달라는 생각을 연계시켜 시를 썼습니다.

숨바꼭질 _ 윤보영

그대와
숨바꼭질하고 있습니다
어디에 숨을까
아, 그대 마음속에
숨어야겠군요.

마음속에 숨으면 어떻습니까? 쉽게 찾을 수 있지 않을까요? 내가 숨은 곳이 그대 마음이니까 잘 보이겠죠. 이 시는 그대에게 들키고 싶은 마음을 표현한 겁니다.

꽃무릇은 가을에 잎이 나서 겨울을 지나 봄에 잎은 사라지고 꽃대가 올라와 잎과 꽃이 만날 수 없다고 하여 상사화라고도 합니다. 그래서 '짝사랑'이라는 시를 썼습니다.

출처 : 충남인터넷뉴스

짝사랑 _ 윤보영

왜 혼자만 좋아하냐고요?
그럼, 어떻게 해요

나마저 좋아하지 않으면

남남이 되는데

그리고 이게 어디에요

나라도 좋아할 수 있는 게.


남남이 되기 싫어 혼자라도 좋아할 수밖에 없는데, 그렇게라도 좋아할 수 있는 게 어딥니까? 만일 좋아한다고 고백했다가 더 이상 만나 주지도 않고 근처에 가지도 못한다면 얼마나 슬프겠어요. 하지만 '짝사랑도 가끔은 행복하다', '미소 지을 수 있다'고 하면 공감할 수 있겠지요?


"백지장도 맞들면 낫다"는 속담이 있습니다. 사무실에서 흔히 쓰는 복사용지 한 장은 가벼워요. 그걸 둘이 맞들면 더 가볍겠죠.


우리 사랑을 위해 _ 윤보영


백지 한 장도

맞들면 낫다고 했습니다


그래서

당신도 날 사랑해야 합니다.


맞드는 당신도 나를 사랑해야 한다는 것은, 이 말에 내가 당신을 사랑하고 있는데 당신도 내 사랑을 받아 주면 행복하게 지낼 수 있다는 느낌을 담았습니다.

"물은 건너봐야 깊이를 안다"는 속담은 눈으로만 봐서는 시냇물의 깊이를 알지 못한다는 뜻인데, 이 속담으로도 시를 쓸 수 있습니다.

내 사랑 _ 윤보영

물은 건너봐야
깊이를 안다는 말이 있잖아요
하지만 어쩌죠?
나는 건너가기도 전에 알았는데
당신이 내 사랑이라는 것을
이미 알았는데.

나는 당신과 사귀기도 전에 당신이 내 사랑이라는 것을 알았다는 의미입니다. 상대에게 관심이 깊을 때 나올 수 있는 표현이지요.

다음 사진 왼쪽은 감나무, 오른쪽은 떨어진 홍시입니다. 높은 나뭇가지 끝 감은 언제 먹을 수 있나요? 감이 익어 홍시가 될 때까지 기다렸다가 바닥으로 떨어질 때 받으면 되지만, 홍시가 언제 떨어질지 모르고 바람에 일렁이다가 다른 쪽으로 떨어지면 먹지 못할 수도 있습니다. 즉 내가 손을 쓸 수 없는 상황이 발생하기도 합니다.

기다림 _ 윤보영

"감나무 밑에 누워서
홍시 떨어지기를
바란다"는 말이 있잖아요
하지만, 기다릴 수밖에요
당신은 내 가슴에 심어진 감나무니까.

속담에서는 홍시가 떨어지기만 기다리지 말라고 하지만, '나는 그렇게 할 수밖에 없고 그렇게 해도 되는데, 그 이유는 당신은 내 가슴에 심어진 나무니까! 어디에 떨어져도 내 가슴이기에 나는 그렇게 누워서 기다려도 된다'는 의미로 쓴 시입니다.

나뭇잎이 많이 떨어져 있습니다. 가을이 깊었다는 얘기지만, 곧 겨울이 온다고도 할 수 있지요. 가을에서 겨울로 건너갈 때의 쓸쓸함을 표현한 시입니다.

가을 _ 윤보영

가을이 가네요
아쉬움만 남긴 채
그래도 다행입니다
그대 생각을 남겨 두어서.

　지하철을 타러 내려왔는데 그만 전동차가 출발해 버렸습니다. 그런데 저는 지나가는 전동차를 보고 '다행'이라는 시를 썼어요. 전동차를 타야 하는데 타지 않아서 다행이라고 생각한 이유는, '그대 생각을 실려 보내지 않아서'예요. 이 시와 비슷하지만, 계절이 변하는 시기에 "그대 생각을 남겨 두어서" 다행이다는 시를 쓸 수 있었습니다.

　다음 사진에는 낙엽도 있고 벤치도 있군요. 가을 청취가 흠뻑 느껴집니다. 사람에 따라 다르지만 유독 가을을 많이 타는 사람이 있습니다.

제가 강의 중에 "가을 타시는 분 계신가요?" 하고 물으면 여기저기서 손을 듭니다. 그중 한 분에게 다가가 "그럼 타세요! 제가 가을이니까!" 이렇게 말하면 깜짝 놀랍니다.

가을 _ 윤보영

가을을 타신다고요?
그럼 타세요
제가 가을이니까!

이 시를 읊으면서 등을 들이대면 박장대소합니다. 시를 읽고 한 번 웃는다면 제대로 역할을 한 거라고 생각해요. 시집 한 권에 80~150편이 담기는데, 시를 읽고 최소 50번 이상을 웃었다면 시집의 역할을 충분히 했다고 할 수 있습니다.

'이불효과'라는 말이 있습니다. 날씨가 추운데 구름이 하늘을 덮으면 이불처럼 포근해집니다. 한겨울에 눈 내리는 날은 포근하다고 하죠. 물론 진눈깨비가 날릴 때는 체감 온도가 낮아지지만, 함박눈이 내리는 날은 하늘 전체를 구름이 이불처럼 덮어 찬 공기가 내려오지 못하게 됩니다. 이런 상황을 '이불효과'라고 합니다.

### 이불효과 _ 윤보영

추운 날씨도
구름이 하늘을 덮으면
포근해지듯
바쁜 일상도
그대 그리움이 덮으면
여유가 생긴다
웃음까지 나온다.

자존심이 높은 사람을 '콧대가 높다'고 하죠. 이것을 시로 썼습니다.

### 콧대 _ 윤보영

콧대가
높다는 말이 있지요
그대 콧대가

높다 해도
걱정 없어요

저는
콧대 끝에 올라가
꽃을 심을 테니까.

"그 사람 콧대가 높아도 나는 걱정 안 해. 왜? 나는 그 콧대에 올라가 꽃을 심을 테니까! 나는 그곳에 올라가서 커피를 마실 테니까!" 이렇게 이야기하면 사람들이 웃습니다. 수업 중에 웃으면 그만큼 즐거움을 주는 겁니다.

"설마가 사람 잡는다"는 말, 많이 들어보셨죠?

### 설마 _ 윤보영

설마가
사람 잡는다는 말이 있지요
그래요, 그 설마가
날 좀 잡아 주면 좋겠어요
내가 그대 좋아하듯
그대도 날 좋아한다는
그 설마가.

설마가 사람을 잡는 것이 아니라 "그 설마가 날 좀 잡아 주면 좋겠다"는 건 무엇을 의미하나요? '내가 당신 좋아하는 마음을 알아줬으면 좋겠다'는 고백의 의미를 담았습니다.

### 감탄 _ 윤보영

몰래 나오는 감탄이
좋다고 합니다
맞습니다
당신을 보다가
감탄이 나오는 걸 보니
좋은 것이 맞습니다.

인위적인 것보다 자연스럽게 나오는 감탄이 좋습니다. 반대로 자연스럽게 나오는 한숨은 몸에 안 좋다고 하죠. 근심 걱정이 있기 때문입니다.

### 이치 _ 윤보영

봄이 되면
꽃이 피는 것은
자연의 이치

꽃을 보면서
당신을 생각하는 것은
사랑의 이치!

봄에는 꽃이 많이 피고, 여름은 덥습니다. 가을은 단풍이 들고, 겨울은 춥습니다. 이런 것들을 자연의 이치라고 하죠. 봄, 여름, 가을, 겨울 계절별로 느낌은 다르지만, 사랑하는 사람 생각은 어느 계절이든 다 날 수 있어요. 이것은 사랑의 이치입니다.

"정이 들까 봐 멀리해야 한다"는 것은, 그러면 안 되는 사이인데 정이 들어 사랑하게 될까 봐 경계하는 표현입니다. 이것으로 시를 쓰면 이렇습니다.

사랑하고 있는데 _ 윤보영

정이 들까 봐
멀리해야 한다고요?
그런데 어쩌죠?
벌써 정이 들었는데
멀리한 만큼
더 다가서 있고
돌아서서 걸어도
그대 앞인걸요.

큰일 났습니다. 정이 들면 안 되는 사이인데 정이 들어 버렸습니다. 사랑하고 있는데 어떻게 할까요? 사랑하고 있고 아름다운 사랑을 할 수 있어야 하는데, 아픈 사랑을 할 수도 있기에 이렇게 써 봤습니다.

### 사랑병 _ 윤보영

사랑이 지나치면
병이 된다는군요
그런데 어쩌죠?
나는 이미 오래전부터
그대를 지나칠 정도로
좋아해 왔는데
그리고 또
꽃 같은 그대를
어떻게 덜 좋아해요?

사랑병입니다. 일방적인 사랑은 지나치면 안 됩니다. 짝사랑도 지나치면 가슴 아프죠. '너무 아픈 사랑은 사랑이 아니었으면' 하는 노래 (김광석)도 있습니다. 사랑이 지나치면 병이 되고 오히려 상대에게 부담을 줄 수 있습니다. 이 시를 보면 내가 당신을 좋아할 수밖에 없습니다. 왜? "꽃 같은 그대를 어떻게 덜 좋아해요?" 이렇게 묻는 것을 보면 알 수 있어요. 강조이고 당위성을 얘기한 거죠. 아름다운 사랑이니까, 그 사람을 좋아한다고 보면 되겠습니다.

## ▶▷▶ 제4공식 정리하기

'잘 알려진 이야기에 감정 넣기'를 알아보았습니다. 사례를 통해 흐름을 이해하고 '아! 이렇게 쓰면 되겠다'라고 느끼면 됩니다. 알려진 이야기에 내 생각을 잘 넣었을 때 감동하거나 재미있는 시가 됩니다. 잘 알려진 이야기만 쓰면 싱거워서 안 되지만 마지막에 내 생각을 넣어 감동적인 시를 쓰면 독자들이 좋아합니다. 독자들이 읽으면서 웃음이 나오는 시, 읽은 만큼 감동을 주는 시를 쓸 수 있습니다.

# 감성시 쓰기 Tip

## ★ 시에서 피해야 할 부사와 조사

[부사] 감성시에서 부사 사용은 되도록 피해야 합니다. 특히 정도 부사와 시간 부사 등은 한계가 불분명해 자칫 시의 느낌을 감소시킬 수 있습니다.

| 정도 부사 | 용언 또는 용언형이나 다른 부사의 정도를 한정하는 부사. '철수는 매우 멋있는 사람이다'에서 '매우', '정상은 너무 멀다'의 '너무' 따위.<br>※ 용언(用言) : 문장에서 서술어 기능을 하는 동사, 형용사를 통틀어 이르는 말. |
|---|---|
| 시간 부사 | 동작이나 상태의 시간을 나타내는 부사. '금방', '먼저', '일찍', '자주' 등이 있다. |

[조사] 시에서 잦은 조사 사용은 시맛을 줄어들게 합니다. 특히 장소를 나타내는 처소격 조사나 목적을 나타내는 목적격 조사는 앞에서 설명한 부사처럼 꼭 필요한 경우가 아니면 사용하지 않는 것이 시맛 내기에 유리합니다.

| 처소격 조사 | 처소나 지향점 따위를 나타내는 부사격 조사의 하나로 '집에 가다', '학교에서 놀았다'에서 '에'와 '에서'가 있다.<br>※ 처소(處所) : 문장에서 시간적·공간적 범위, 지향점 따위를 나타내는 조사. |
|---|---|
| 목적격 조사 | 문장 안에서 체언이나 체언 구실을 하는 말 뒤에 붙어 목적어 자격을 가지게 하는 격조사 '을/를'이 있다.<br>※ 체언(體言) : 문장에서 주어 따위의 기능을 하는 명사, 대명사, 수사를 통틀어 이르는 말. |

# [제5공식] 일상을 일상으로 메모하기

시는 어렵다고 생각하면 어렵습니다. '어려워야 시가 된다'는 말도 있지만 어려운 시, 복잡한 시는 독자들도 가까이하려 하지 않습니다.

어떤 사장님이 개업식을 하는데 그분 친구가 선물한 시집 100권을 개업식에 온 손님에게 한 권씩 나눠 드렸다고 합니다. 그 뒤 이 사장님은 시집에 대한 인사를 많이 받았는데, '시집이 어렵다', '시 내용이 뭔지 모르겠다'는 말을 들었다고 합니다. 작가가 시를 어렵고 복잡하게 쓰면 독자들도 어렵다고 느낄 수 있습니다.

시를 쉽게 생각하면 모든 일상이 시가 될 수 있습니다. 즉 우리 주변에 있는 책상, 컴퓨터, 선풍기, 에어컨, 꽃, 식물, 동물, 나무, 자동차 등 시가 되지 않는 소재가 없죠. 여기서는 일상을 일상으로 메모하는 것, 시가 되게 메모하는 방법을 살펴보겠습니다.

산길이나 들길을 걷다 보면 민들레꽃을 쉽게 만날 수 있습니다. 이 꽃이 지면 꽃씨가 날아가는 모습도 볼 수 있습니다.

## 민들레 _ 윤보영

민들레가
씨를 날리고 있습니다
당신 찾아가는 내 마음같이.

민들레 씨앗이 바람에 날립니다. 씨앗이 날아가는 것을 당신에게 날아가는 내 그리움처럼 마지막 한 줄을 감성적으로 표현했습니다.

담쟁이 넝쿨입니다. 담쟁이는 담을 타거나 나무를 타고 올라가는데, 이 담쟁이를 내 그리움으로 생각하고 좋아하는 사람을 생각하면, 다음과 같은 시를 쓸 수 있습니다.

### 담쟁이 넝쿨 _ 윤보영

담쟁이 넝쿨이
울타리를 덮고 있습니다
그대 생각으로 가득 덮인
나처럼.

울타리를 덮고 있는 담쟁이 넝쿨과 나를 비교해서 쓴 시입니다. 시상은 하늘에 있는 별을 따는 것이 아니고 땅에 있는 보석을 캐는 것도 아닙니다. 길을 걷다 만난 담쟁이를 보고 사랑하는 사람을 생각하는 것과 비교하면서 쓴 거죠. (*시에서 울타리를 담장으로 쓸 수도 있어요.)

낙엽을 쓸다가 뒤를 돌아볼 때 다시 떨어져 있으면 어떤 생각이 들까요? 그냥 '떨어진 나뭇잎'만 보면 평범한 가을인데, 낙엽이 아니라 그대 생각으로 바꾸면 감성시가 됩니다.

### 낙엽과 그리움 _ 윤보영

낙엽을 쓸다 돌아보니
더 많은 나뭇잎이 떨어져 있다

이래서
가을은 쓸쓸한가 보다.

떨어진 나뭇잎은 그대 생각이고, 그 나뭇잎을 쓸고 있는 마음을 그리움으로 해석한 겁니다. 더 많이 쌓인 낙엽은 그대 생각이고, 그 낙엽을 쓰는 내 마음을 쓸쓸함으로 표현했습니다.

감성시는 마음을 움직이면 됩니다. 사진 찍을 정도의 감동 받은 장면을 아름다운 말로 표현하는 것이 감성시라고 말씀드렸죠?

보고 싶다 _ 윤보영

어제 아침보다
더 많은 비가 내린다

어제보다
더 많이 보고 싶어야 하는데
어제만큼 보고 싶다

하지만 이해가 된다
그대 생각은 하는 것이 아니라
저절로 나는 거니까
느끼지 못했을 뿐
날마다 최고일 테니까.

비가 내리는 날 쓴 시입니다. 어제 90만큼 보고 싶었다면 오늘은 비까지 내리니까 95가 돼야 하는데 90밖에 안 되는 거예요. 나머지 10은 만났을 때 100이 되기 때문에 90만 돼도 좋다는 것이지요. 이런 의미로 시를 이해하면 됩니다.

### 감기 _ 윤보영

밤이 늦었는데
감기가 왔습니다
약 대신
그대 생각을 하고 자야겠습니다.

일상에서 흔히 만날 수 있는 광경이죠. 열이 나면 약을 먹어야 하는데 밤이 늦어서 약국에 갈 수도 없습니다. 그래서 "약 대신 그대 생각을 하고 자겠다"는 의미 있는 한 줄을 넣어 시를 마무리했습니다. 짧은 시이지만 공감을 얻을 수 있을 만큼 글이 살아났죠? 늦은 밤에 감기 기운을 느꼈는데 약이 없다면 이 시처럼 보고 싶은 사람을 생각하며 감기 기운을 참아내 보세요.

다음 사진처럼 여름에서 가을로 넘어가는 즈음에는 잠자리(곤충)가 많습니다. 이 잠자리를 잡아 본 적 있는 사람은 알 겁니다. 가만히 있는 것 같은데 잡으려고 하면 휙 날아갑니다. 날아간 자리에 뭔가 남아 있을 것 같지 않나요? 그것이 그리움이라고 생각하고, 이 상황을 시로 썼습니다.

추억 _ 윤보영

나뭇가지 끝에
잠자리 한 마리가 앉았습니다
가까이 다가가니
잠자리는 날아가고
그대 생각 한 자락만 남았습니다.

"잠자리가 날아간 그 자리에 그대 생각 한 자락 남았다." 이것이 바로
감성시입니다.

연을 날려 본 적 있나요? 연을 날리면 높이 올라가 멀리 볼 수 있으
니까 연에게 사랑하는 사람을 찾아 달라고 할 수 있겠지요? 연이 한참
두리번거리다 갑자기 내 가슴에 뛰어든다고 생각해 보세요. 왜? 내가

사랑하는 그대는 다른 곳에 있는 것이 아니라 내 가슴에 있으니까요.


연 _ 윤보영


그대를 찾아 달라며
연을 날렸습니다


바람 타고 두리번거리던 연이
갑자기
내 가슴에 날아듭니다.


아래 시에서 달이 운다고 표현한 건, 연못에 달이 비쳤는데 물이 일
렁이니까 우는 것처럼 보이거나 흐르는 물에 달이 비친 걸 운다고 본
겁니다. 이렇듯 일상에서 본 것을 메모하고 마지막에 감성적인 글귀로
마무리하면 시가 됩니다.


달 _ 윤보영


오늘은
달도 나처럼
쓸쓸한가 봅니다
물속에 얼굴 묻고
우는 걸 보면.

공원에 있는 의자에 '세상에 그저 피는 꽃은 없다 사랑처럼'이라는 글귀가 쓰여 있습니다. 구절초꽃도 그려져 있구요. 이런 의자에 앉으라고 할 수도 있고, 오른쪽 사진처럼 일반 의자에 앉으라고 할 수도 있고, 또 앉으라는 권유를 받았지만 앉지 않을 수도 있어요. 이유는 의자가 아니라 마음 고백이기 때문입니다.


의자 _ 윤보영


당신이
나에게 의자를 내어주며
앉으라고 했지요


당신에게
제 마음이 의자이고
서 있는 몸은
그늘을 드리고 있는 나무였는데.

사진 속에 낮달이 떠 있네요. 맑은 날 낮달을 보고 지은 시입니다.

수줍음 _ 윤보영

구름 없는 하늘에
그대 이름 적고 수줍습니다

자고 있는 낮달이 깨면
놀릴 것 같아.

왼쪽 사진은 오래된 길입니다. 누군가와 함께 걷던 사람이 생각나고 그때 주고받은 이야기들이 어딘가에 남아 있을 것 같죠.

인기척 _ 윤보영

옛길을 걷고 있습니다
인기척에 마음이 떨립니다
아~
당신이 남긴 흔적들이었군요.

아래 사진은 시골에 가면 흔히 볼 수 있는 빈집입니다. 잘 정리된 집이 아니라 마당에 잡초가 우거진 사람이 살지 않는 빈집처럼 보이네요.

생각의 차이 _ 윤보영

사람이 없다고
어떻게 네가
빈집이니

누군가
들어와 살 수 있게
준비된 집이지.

가을날 거리에 떨어져 있는 나뭇잎을 보고도 이런 시를 쓸 수 있어요.

## 나뭇잎 연가 _ 윤보영

거리에
나뭇잎이 떨어져 있다고요?

예, 그래요
제가 나뭇잎 깔아놓았어요
제 생각 하며 밟고 오라고.

요즘은 주로 택배로 물건을 주고받습니다. 다음은 택배를 주제로 쓴 시입니다.

## 택배처럼 _ 윤보영

현관 앞 택배처럼
내 마음 두고 온 지 언제인데
아직 받았다는 연락이 없을까?

택배기사가 문 앞에 택배를 놓고 가면서 사진을 찍어 '이렇게 두고 갑니다'라는 문자를 보내죠. 그런데 '내 마음 그대 곁에 두고 왔는데' 받았다는 소식이 안 오는 겁니다.

## 택배 _ 윤보영

요즘 택배가 바쁘다
하지만, 내 사랑에는
그럴 필요가 없다
그대 향한 내 마음은
이미 그대 곁에 배달했고
찾아가길 기다리고 있으니까.


이렇듯 일상에서 시상을 잡으면 시가 쉽고 읽는 독자도 편합니다.

자전거는 두 바퀴로 굴러갑니다. 앞바퀴가 5m 갔으면 뒷바퀴도 5m
따라갑니다. 후진하면 앞바퀴가 뒷바퀴를 따라가죠. 그런데 바퀴와 바
퀴 사이는 서로 닿을 수 없는 공간, 만날 수 없는 공간이 있어요. 이것
을 의미하는 시입니다.


## 자전거 바퀴 _ 윤보영

앞으로 가면
가는 만큼 따라오고
물러서면
물러선 만큼 뒷걸음질치고
자전거 바퀴는

내 안에 머물면서
일정 거리를 두고 지켜주는
그대를 닮았군요.

"뜨거운 햇볕에 벼가 익는다"는 말이 있습니다. 물론이죠. 벼는 뙤약
볕에 잘 익지요. 또 벼가 물을 좋아하지만, 가을에 곡식이 익을 때는
물이 없어야 합니다. "뜨거운 햇볕에 벼가 익고, 과일이 익고, 매미 소
리가 익고, 여름 휴가를 기다리는 우리 가족의 기다림도 익는다." '익는
다'는 소재를 일상에서 찾아 쓴 시입니다.

여름 햇볕에 _ 윤보영

뜨거운 햇볕에
벼가 읽는다

과일이 익고
매미 소리가 익는다

여름 휴가를 기다리는
우리 가족
기다림도 익는다.

작가가 편하면 독자도 편합니다. 작가가 부담 없으면 독자도 부담

없구요. 작가가 행복하게 쓰면 독자도 행복한 마음으로 읽고, 작가가 힘들게 쓰면 독자도 힘들어질 수 있습니다. 작가가 쉽게 써야 독자도 쉽게 읽을 수 있고, 작가가 일상에서 소재를 찾아야 독자도 일상에서 만난 경험에 의해 쉽게 이해할 수 있습니다.

꽃은 다 예쁘죠. 꽃이 밉다는 사람은 없을 거예요. 그 꽃은 내가 될 수 있고, 사랑하는 사람이 될 수도 있습니다.

꽃 _ 윤보영

예쁘다며
사진을 보내왔습니다
꽃을 보고 있는데
꽃처럼 예쁜

그대만 생각납니다
꽃을 보면서
내 생각 했겠지?
행복해서 한참을 웃었습니다.

꽃을 보고 내 생각을 하는 것이 아니라 "그대만 생각난다"는 거죠.

### 이 가을에 _ 윤보영

이 가을에
가장 잘한 일
아침마다 나를 위해
커피 마셔 주는 일

가장 좋은 일
커피 마실 때마다
그대 생각 먼저 하는 일

가장 행복한 일
그런 사람이
나라는 사실을 아는 일.

'내가 아침마다 커피를 마셨고, 커피 마실 때마다 그대 생각하는

사람이 나라는 사실을 알면서 또 행복을 느낀다'는 것을 바탕으로 쓴
시입니다.

그대 얼굴 _ 윤보영


두 손으로
하늘을 열었다가
깜짝 놀랐습니다

글쎄, 그 속에
그대 얼굴이 있어서.


맑고 파란 하늘! 너무 맑아서 열어 보고 싶은 마음이 들어 열었더니
그 속에 그대 얼굴이 있어 깜짝 놀라는 장면을 연출한 시입니다.

## ▶▷▶ 제5공식 정리하기

시를 쓰면서 "글에 힘을 **뺀다**", "글에 힘을 **빼야 한다**"는 말을 하곤 합니다. 글에 힘이 들어가면 경직되기 때문입니다. 운동할 때도 몸에 힘이 들어가면 다칠 수 있는데, 다치는 것을 예방하기 위해 준비운동을 먼저 합니다. 등산할 때도 충분히 몸을 풀고 올라가야 하구요. 일상에서도 힘을 **빼면** 그만큼 부드러워집니다.

시상은 일상에서 얻어야 독자에게 공감을 얻을 수 있습니다. 독자들에게 익숙한 소재로 시를 쓰면 그만큼 이해도 쉽고 시상 잡기도 쉽습니다.

유튜브로 감성시 쓰기 공식을 보고 시를 써서 보내는 분들은 어렵게 쓰거나 억지로 상상해서 쓴다는 느낌이 들어요. 제1공식에서 처음에 있는 그대로 펼쳐놓고 마지막에 생각 한 줄을 넣으라고 했는데, 처음부터 상상으로 쓴 시가 많더군요. 즉 처음부터 자기중심적인 상상을 앞세운 시를 쓰는 분이 많습니다. 제가 말하는 감성시는 상상해서 쓰는 것이 아니라 있는 그대로 메모하고 마지막에 생각 한 줄을 넣는 것입니다.

## 감성시 쓰기 Tip

★ **일상에서 시상을 쉽게 메모하는 법**

**첫째, 시부터 적으려 하지 말아야 합니다.**

좋은 시를 쓰겠다는 마음부터 갖게 되면 메모에도 힘이 들어갑니다. 시에 힘이 들어가면 독자들은 시를 무겁게 생각하고 시에서 눈을 뗄 수도 있습니다.

**둘째, 이야기하듯 메모해야 합니다.**

이야기는 꾸며서 하지 않습니다. 꾸몄다는 사실을 인정하는 순간 신뢰가 떨어집니다. 친구와 얘기할 때 나의 실수를 말하거나 친구의 이야기를 들어주어야 대화가 이어지죠. 이때 거짓이나 과장은 물론 꾸밈이 없을 때 조언도 해 줍니다.

**셋째, 주변에 있는 사물에 의미를 부여합니다.**

의미를 부여한다고 해서 모두 의인법을 적용하듯 메모하라는 것은 아니에요. 앉아 있는 식탁에 물병과 잔, 휴지와 수저통이 있다면 이 중 내 마음이 먼저 가는 물건을 택해 그림 그리듯 있는 그대로 표현하면 됩니다.

**넷째, 메모보다 감동이 먼저입니다.**

보기보다 실속 없는 사람이란 말이 있듯 시에서도 그렇습니다. 시집을 예쁘게 만들었어도 시집에 담긴 시에 감동이 없으면 읽기 싫어지겠죠. 독자에게는 감동이 필요합니다. 뿐만 아니라 앞에 실린 몇 편이 뒤에 실린 100여 편의 시를 읽지 못하게 하는 원인이 될 수도 있어요. 또 시화를 만들거나 캘리로 써서 전시할 때 예뻐서 다가갔다가 그림만 보고 지나칠 수 있고 캘리 글씨를 잘 썼다는 말만 들을 수도 있어요. 좋은 시로 96% 감동을 선물하고 그림이나 글씨로 4%를 채워 100% 감동을 얻을 수 있어야 하는데, 글씨가 그림이나 캘리그라피의 수단이 된다면 시를 쓴 작가도 실망하게 되겠죠.

**다섯째, 일기 적듯 메모하면 시가 됩니다.**

초등학생 일기는 '아침에 일어나 세수하고 밥 먹고 학교에 갔다. 오는 길에 놀다가 늦어서 부모님께 꾸중을 들었다. 내일은 빨리 와야겠다'는 식입니다. 시는 이런 정도의 메모도 좋아요. 사실적인 메모에 살을 붙이고 마지막에 내 생각으로 반전시키면 좋은 시가 될 수 있거든요. 또 가계부를 적을 때 지출하지 않은 내용을 적지 않듯이 느끼지 않는 내용을 사실처럼 적지 않는 연습이 필요해요. 제가 다년간 시 쓰기 첨삭지도를 하면서 느낀 것 중 하나는 시를 배운 분이나 시를 써 본 분들은 먼저 꾸미기를 하려 한다는 거예요. 그 습관을 바로잡는 데 시간이 오래 걸리고 습관을 버리지 못해 결국 감성시 쓰기를 포기하는 분도 있었습니다.

**여섯째, 긍정적인 생각으로 적어야 합니다.**

아름다운 마음으로 사물을 보면 그 사물은 고마워하는 마음으로 보답합니다. 보답은 바라보는 눈을 아름답게 만들고, 아름다운 눈은 향기까지 불러오죠. 그래서 메모할 때는 아름답게 본 내용을 아름다운 글로 적으면 됩니다. 부정적이거나 흠을 잡듯 보면 모두 부정적으로 전개되고 흠이 보일 수 있어요. 더구나 '힘들다', '짜증난다', '화난다'같이 스스로를 학대하는 단어나 학대한다는 생각이 드는 말은 자제하는 것이 좋습니다.

시가 되는 과정을 살펴보면 ① 시상 잡기, ② 메모, ③ 수정, ④ 완성 단계를 거칩니다. 시상은 잡겠다고 해서 잡히는 것이 아니에요. 그래서 일상에서 시상을 느꼈을 때 빨리 메모해야 합니다. 제 경험상 메모의 힘은 위대합니다.

생각이나 느낌은 시간이 지나면 정확하게 기억이 나지 않을 수 있어요. 식당에서 주문한 음식이 나왔을 때 냄새도 좋고 반찬도 신선해 함께 왔으면 좋겠다고 생각한 사람이 있다고 표현할 때가 있지요. 그러면 당시 특정 반찬 하나를 대상으로 메모해야 하는데 시간이 지나 글을 쓰면 특정 반찬이 아니라 식탁에 올려진 음식 전체가 생각나고, 이럴 경우 느끼지 못한 감정이 들어가 당시 느낌이 퇴색될 우려가 있으니 주의해야 합니다.

## ★ 메모 수정하는 법

여기서 가장 중요한 건 '한 편이라도 더 많이 적느냐'입니다. 많이 메모하다 보면 그 메모를 수정하는 방법을 터득하게 되고, 그 수정은 좋은 시로 이어지게 됩니다. 그럼 메모(초안)를 어떻게 수정할까요?

**첫째, 물 흐르듯 자연스럽게 수정합니다.**

시를 읽을 때 '무슨 뜻이지? 왜 이렇게 적었지? 오타 같은데? 무슨 글씨인지 모르겠어? 이 단어의 뜻이 무엇일까?' 하는 의문이 드는 순간 가슴에 담겼던 느낌이 끊어집니다. 글은 산 위에서 만들어진 물이 계곡을 통해 냇물과 강물에 담겨 바다로 가는 것처럼 자연스럽게 읽혀야 합니다. 시를 쓸 때 표현이 부자연스러운 예를 종종 만날 때가 있습니다.

예를 들어 봄이 되면 ○○꽃, ○○꽃, ○○꽃, ○○꽃이 차례로 핀다고 했을 때 매화꽃을 목련꽃 뒤에 적으면 '매화꽃은 일찍 피는데, 목련꽃 피는 걸 보고 적었을까? 이렇게 적은 의도가 뭘까?' 하는 의문이 들면서 글의 흐름이 끊어집니다. 사실 매화나 산수유꽃이 먼저 피거든요. 자신 없는 부분은 백과사전 등을 찾아서 순서를 바로잡아 자연스럽게 전개해야 합니다.

**둘째, 중복 부분은 지워야 합니다.**

시에서 필요 이상의 친절로 비슷하거나 같은 말로 중복되게 표현하는 경우가 있습니다. '이런 것은 모를 거야, 이것만으로 이해가 안 될 수 있어'라는 자기만의 생각으로 판단할 때가 있지요. 중복에는 단어 중복이나 의미 중복, 느낌 중복, 이미지 중복 등 다양한 중복이 있을 수 있습니다.

**셋째, 친절한 설명은 자제해야 합니다.**

독자들은 친절한 설명보다 감동을 원합니다. 친절한 설명은 SNS 검색으로 더 빨리 더 잘 알 수 있어요. 꼭 필요한 설명이 아니라면 시어(詩語)로 단축할 필요가 있습니다. 이때 과다한 설명 부분을 지우는 것이 수정입니다.

**넷째, 오탈자, 띄어쓰기에 관심을 가져야 합니다.**

출판 과정에서 수정이 되지만 일부 출판사에서는 시인이 준 원고를 그대로 싣기도 합니다. 오탈자가 있으면 시집을 선물할 때마다 은근히 스트레스를 받거든요. 더구나 요즘 SNS에 글을 바로 올릴 수도 있어 꼭 주의해야 합니다. 완벽하지 않지만 한글 맞춤법 기능을 활용해 1차 수정하고 인터넷 사이트에서 맞춤법 검사를 해 보는 것도 도움이 됩니다.

**다섯째, 행 나누기, 줄 나누기, 연 구분이 필요합니다.**

이 부분도 수정 과정에서 반드시 해야 하는데, 줄 나누기는 호흡 조절을 적용해야 합니다.

**여섯째, 부사**(문장에서 다른 품사를 꾸며 주는 역할을 하는 단어)**, 조사**(말의 뜻을 도와주는 역할을 하는 단어) **사용에 주의해야 합니다.**

시에 부사나 조사를 많이 사용하면 글맛이 떨어집니다. 되도록 사용을 줄이는 것이 좋습니다.

**일곱째, 시제와 존칭어의 통일이 필요합니다.**

시제를 통일하지 않으면 글맛이 흐트러져 감동이 줄어들 수 있고, 존칭어 역시 통일되지 않으면 읽을 때마다 아쉬움을 갖게 됩니다.

# [제6공식] 극적인 반전 주기

'시의 맛'은 반전에 있다고 할 수 있습니다. 시에서 반전은 결론을 예상하지 못한 전혀 엉뚱한 방향으로 전개하는 것을 말합니다. 이럴 때 작가도 자기 글맛에 감동하곤 하죠. 저도 시를 많이 썼지만 반전에 깜짝 놀라면서 제 글에 감동할 때가 있어요. 독자도 마찬가집니다.

시적 반전은 시의 맛을 높여 줍니다. 전혀 다른 방향으로 전개해 심적 동요를 일으키게 하고, 이로 인한 감동을 앞세워 놀람의 미학으로 나타납니다. 감성시에서 감동의 영향은 매우 큽니다.

놀란 이유 _ 윤보영

"사랑해"
"나?"
"응, 너"
가슴이 철렁했다

커피에게 말해 놓고
네가 나에게 말한 것처럼
생각되어.

가슴이 철렁합니다. 나를 사랑한다니까 깜짝 놀랐죠. 그런데 뒷부분
에 반전이 있고 놀람을 추스릴 수 있는 여지가 있죠. "커피에게 말해
놓고 네가 나에게 말한 것처럼" 느껴지면서 깜짝 놀란 겁니다.

커다란 참나무를 두 팔로 안았
습니다. 그랬더니 참나무가 제게
뭐라고 했을까요? '좋아요', '고마
워요', '따뜻해요', '사랑해요' 이런
말을 할 수 있겠죠. 그래서 지은
시입니다.

희망사항 _ 윤보영

아름드리 참나무를 안았더니
나보고 책임지라 하는군요

이 나무가
그대였으면.

제가 이 나무를 안았다고 이 나무를 책임질 수는 없지요. 그래서 "이 나무가 그대였으면" 하고 반전 내용을 적었습니다.

길을 걷다 보면 앞으로 걷기도 하고 뒤로 돌아 걸을 수도 있는데 시간은 앞으로만 가게 돼 있죠. 그런데 원안대로 우리가 경험한 기억과 추억을 향해 얼마든지 뒤로 갈 수 있습니다.

사랑하는 사람을 처음 만난 날을 기억하기 위해 달력에 동그라미를 쳐놓고 지금 행복하면 앞으로 가게 되고, 만일 불행하거나 마음이 아팠다면 그 날짜 이후 앞으로 가지 않았을 거예요. 그래서 달력에 쳐놓은 동그라미로 이런 시를 썼습니다.

내가 만약 _ 윤보영

내가 만약
과거로 돌아갈 수 있다면
그대 처음 만난 날에
동그라미를 치겠습니다.

동그라미 쳐놓고 앞으로 갈 수도 있고 뒤로 가거나 정지시킬 수 있는 것처럼 마음대로 상상할 수 있습니다.

"오늘 거울 보신 분 계십니까?" 하고 물으면 당연히 봤다고 대답할 겁니다. 이 거울을 주제로 반전의 의미가 담긴 시를 썼습니다.

거울 _ 윤보영

집에 있는 거울은
참 좋겠어요
매일 아침
꽃을 볼 수 있으니까!

　거울을 봤는데 반전 포인트는 내가 거울을 본 것이 아니라 거울이
나를 보고 꽃으로 착각하는 거죠. 매일 아침 꽃을 본다는 것을 거울
보는 것으로 반전시켜 매력을 느낄 수 있는 겁니다. 사람들이 '나도 거
울 봤어요', '제가 본 거울이 꽃을 보고 있었네요'라는 반전 매력을 느끼
는 시가 되었지요.

　사람들은 잔잔히 흐르는 강물보다 높은 곳에서 떨어지는 폭포처럼
살아 있는 글에 더 감동을 받게 됩니다. 설명 형식으로 된 글은 잔잔
한 강물이라고 할 수 있지만, 반전으로 폭포처럼 툭 떨어뜨렸을 때는
감동을 받게 되지요. 바쁜 일상을 살아가는 사람들은 그 자체를 전부
처럼 받아들이지만, 그 일상에 감성을 자극하는 말을 듣게 되면 좋아
하는 사람 생각이 날 수 있거든요. 큰 감동을 주는 반전의 묘미가 여
기 있습니다.

사과입니다. 사과는 먹는 사과가 있고, 누군가에게 손해를 끼쳐 미안함을 표현하는 사과(謝過)도 있습니다. 이럴 때 먹는 사과와 사과(謝過)하는 사과를 가지고 사과데이[매년 10월 24일, 사과 향기가 그윽한 10월에 '둘(2)이 사(4)과한다'는 의미로 친구나 애인끼리 서로 사과를 주고받는 날]에 이런 시를 쓸 수 있습니다.

사과데이 _ 윤보영

오늘은 사과하는 날
당연해서 안 받아주겠지만
그래도 사과할게
너무 좋아해서 미안해!

너무 좋아해서 사과한다고 마무리하는 것이 반전의 맛입니다. 또 "당신 눈빛에 포로가 됩니다." 이런 짧은 글도 반전시입니다. 짧은 글에서의 반전이 오히려 큰 감동을 줄 수 있습니다.

시 해석은 독자의 몫입니다. 상황이나 분위기, 기분, 경험에 따라 각각 다르게 해석할 수 있지요. 제 독자층은 초·중·고·대학생, 일반인, 직장인 등 다양합니다. 이분들이 시 한 편을 자기에게 맞춰서 해석하고 자기 나름의 사랑과 그리움을 연계시켜 행복한 마음으로 승화시키는 게 제 시의 특징입니다. 저는 늘 시 내용에 행복을 담아 독자가 주인공이 되게 시를 쓰다 보니 독자들이 행복하게 됩니다.

눈 내린 겨울 들판을 보니 무척 추워 보입니다.

다행 _ 윤보영

온다더니
눈은 안 오고

날만 춥다

그래도 다행이다
지금 이 순간도
그대 생각할 수 있어서.

1연은 날이 추워 실망한 겁니다. 그러나 2연에서 "그래도 다행이다 지금 이 순간도 그대 생각할 수 있어서"라는 반전이 시를 살려 줍니다.

보름달은 원형에 가깝습니다. 그런데 요즘 사람은 얼굴이 '보름달 같다' 하면 좋아하지 않죠. 하지만 그리움을 담고 있는 보름달을 보면 계란형으로 갸름합니다.

보름달 _ 윤보영

무심코 달을 보면
둥글겠지만
그리움을 담고 보면
갸름합니다
그대 얼굴을 닮았기 때문에.

아는 사람이라도 다가가 "저 실례지만 예쁘다고 말할 수 없군요" 하면 기분이 안 좋겠죠?

## 그대 앞에서 _ 윤보영

그대 앞에서
예쁘다는 말을 못했다

망설일수록
점점 더 예뻐져서.

예쁘다는 말을 못하겠다고 했지만, 뒤에 반전이 있습니다. "망설일수록 점점 더 예뻐져서." 만일 50%가 예뻤는데 망설이다 보면 80%가 되고, 90%가 되고, 시간이 지나면서 점점 더 예뻐지니까 "지금 얘기하지 말고 다음에 해 주세요"라고 할 수 있고, "지금 예쁘다 소리는 안 해도 됩니다"라는 용서가 되는 반전이 상대를 기분 좋게 만들 수 있지요.

## 이유 없는 이유 _ 윤보영

있잖아요
그것 아세요?
내가 그대를 좋아하는 이유

처음에는 이유가 있었는데
지금은 없어요
아니 몰라요

너무 좋아

이유를 잊어버렸어요.

　상대방이 좋아하는 이유를 모르겠고, 그마저도 없다고 하니까 기분이 좋지는 않겠죠. 이 상황에서 반전이 없으면 기분 나쁘게 끝납니다. 그런데 "너무 좋아 이유를 잊어버렸어요"라고 반전시킨 거예요. 너무 좋아서 좋아하는 이유 자체도 잊어버릴 정도로 좋다는데 어느 누가 좋아하지 않겠어요?

　맑은 하늘이 보입니다. 구름 한 점 없이 맑은 빈 하늘인데, 여기에 반전이 없다면 '맑은 빈 하늘'로 끝났을 겁니다. 하지만 기분이 좋았어요. 그래서 '운 좋은 날'입니다. 제목이 반전입니다.

## 운 좋은 날 _ 윤보영

꿈속에서
그대를 안고 보니
빈 하늘이었소
하지만 기분이 좋았소.

꿈속에서 그대를 안고 보니 빈 하늘이었지만, 반전으로 기분만 좋은 것이 아니라 '운 좋은 날'이라고 표현할 수 있습니다.

## 너 _ 윤보영

너를 생각하면
커피가 생각나
꽃이 생각나고
별이 생각나
호수가 생각나고
바다가 생각나
그런데 난
그냥 너만 생각나.

이런 식으로 누군가 생각이 날 수도 있지만 뒤에 반전이 없으면 생각나는 것으로 끝나죠. "그런데 난 너만 생각나"는 너한테만 집중한다는 것이고, 상대는 나만 좋아한다니 기분 좋겠죠?

커피의 힘 _ 윤보영

늘 너부터
생각나게 하는 힘!

2000년대 초 제가 시집 5권을 출간하면서 600여 편의 짧은 시를 발표했습니다. 짧아도 시는 감동을 줄 수 있거든요. 이 짧은 시로 많은 독자들에게 사랑을 받았습니다. 그중 한 사례를 들어 보겠습니다.

어느 날 부산에 있는 후배와 커피를 마시면서 시집 5권을 선물했어요. 저는 시집에 사인을 하면서 이름은 적지 않습니다. 특별히 부탁하지 않으면 사인만 해 주거나 아예 사인도 안 해 주는 경우도 있어요. 이 후배에게 시집을 건네면서 어머니께 갖다 드리면 좋아하실지도 모른다며 사인 없이 선물했습니다.

2주쯤 지나 그 후배에게 연락이 왔어요. "선배님, 어머니께 시집 드렸다가 혼났습니다." 저는 깜짝 놀라 "왜요? 어머님이 시를 안 좋아하시나요?" 하고 물었더니, 그게 아니라 시집에 사인을 안 받았다고 혼났다는 겁니다. 그래서 다음에 만나 사인을 해 드렸어요. 후배 말에 의하면 그 어머니는 이미 다음 카페에서 윤보영 시인의 시를 많이 저장해 두고 계셨다고 합니다.

### 이해가 안 된다 _ 윤보영

좋아하는 너에게
사랑한다는 말도 못하고
계속 좋아만 하고 있다는 것!

이해가 안 되기도 하지만 좋죠. 좋을 수밖에요. 이렇게 반전의 시를
쓸 수 있습니다. 중요한 것은 짧아도 시가 된다는 사실입니다.

### 사실이야 _ 윤보영

너는
누가 보고 싶니?
나는
네가 보고 싶은데.

"지금 누가 보고 싶으세요?"라고 물으면 딸이 보고 싶어요, 아들이
보고 싶어요, 손자손녀가 보고 싶어요, 친구가 보고 싶다고 대답하겠
죠. 그런데 반전이 있습니다. "나는 너!" 지금 대답하는 네가 보고 싶다
고 하면 깜짝 놀라겠죠. 설마 물어놓고 대답하는 내가 보고 싶다는 말
을 할 거라는 생각을 안 했는데, 갑자기 "네가 보고 싶다"고 하니까 놀
랄 수밖에 없죠. 이게 반전으로 쓰는 시의 맛입니다.

선물 _ 윤보영

자
받아
사랑이야!

안에 행복 들었어.

　상대방에게 "사랑해"라고 말하면 부담을 느낄 수 있어요. 이 부담을 줄이기 위해서 반전을 사용했습니다. "안에 행복 들었어." 그러면 받습니다. '새해 복 많이 받으세요'라는 인사를 부담스럽다고 안 받는 사람 있을까요? 저도 다른 사람에게 '새해 복 많이 받으세요' 하고 복을 주고 있죠. "안에 행복 들었어" 하면 사랑을 줘도 부담을 느끼지 않아요.

장미꽃입니다. "자기야, 장미꽃과 내 얼굴 어느 쪽이 더 예뻐?" 하고 물었을 때 "자기가 더 예쁘지!" 하면 괜찮은데 "장미꽃!" 하면 큰일 나 겠죠. 그런데 무심코 "장미꽃"이라고 말해 버 렸습니다. 그리고 뒤에 반전이 없다면 정말 큰일입니다. 이 상황을 시로 썼습니다.


### 장미꽃과 나 _ 윤보영


"장미꽃과 내 얼굴
어느 쪽이 더 예뻐?"
"장미꽃"

당신이 장미보다
더 예쁘다는 것을
증명해 주는 이 장미!


이 장미는 당신을 예뻐 보이게 만드는 위로의 표현으로 예쁘다고 할
수밖에 없었습니다. 장미꽃이 더 예쁘다고 한 말, 용서가 됩니다.


짧지만 커피로 반전을 한번 보고 가겠습니다. 사실 질투는 별로 안
좋은 거지만, 다음 시는 '행복한 질투'이니 보겠습니다. 질투도 봐주겠
다는 거지요.


### 행복한 질투 _ 윤보영


커피야
너는 왜

내가 좋아하는 사람만 닮았니?
하지만 봐줄게!

다시 장미꽃으로 가겠습니다. 아래 시는 덩굴장미 사진을 보고 쓴 시입니다.

장미꽃 _ 윤보영

담장에 핀
장미꽃을 보다가
깜짝 놀랐습니다
왜 당신이
여기 와 있지?

왜 놀랐을까요? "아니, 당신이 왜 여기 와 있지?" "당신 얼굴을 누가 이렇게 펼쳐 놓았지?" "누가 내 허락도 없이 당신 얼굴을 여기에 펼쳐 놓은 거야?" 이렇게 반전 포인트가 담긴 감동시를 쓸 수 있습니다.

다음은 '반달'을 한번 보겠습니다. 달을 반전으로 적어 보겠습니다. 반달은 왜 반달일까요? 나머지 반쪽을 당신이 보고 있어서 반달입니다. 중요한 건 마지막에 반전이 있어야 합니다.

반달 _ 윤보영

온전한 달이
반쪽으로 보이는 것은
나머지 반쪽을
그대가 보고 있기 때문일 거야.

봄이 오면 바람이 따듯해지고, 새순이 돋고, 꽃도 피고, 새소리도 들립니다. 봄이 오는 것을 내가 느낄 수 있습니다. 너를 기다리는 것처럼 봄이 왔다, 그래서 다른 곳에 눈길 주지 않고 너를 기다리는 심정으로 시를 쓸 수 있겠죠.

다행 _ 윤보영

봄이 왔다
그래도 다행이다

너처럼
내가 먼저 알아볼 수 있어서.

마지막에 생략된 말은 제목으로 이야기하는 겁니다. 내가 먼저 알아볼 수 있어서 '다행'이라고.

김치찌개 사진입니다. 묵은지를 씻지 않고 끓이면 시고 텁텁할 수 있어요. 다음 시는 독자가 쓴 글입니다.

김치찌개 _ OOO

아침에
식탁에 앉은 남편
으, 셔~
여보!
제 사랑이
너무 익었죠?

김치찌개를 먹으며 "으, 셔~" 했는데 "여보! 제 사랑이 너무 익었죠?"라고 아내가 말한다면 누가 반박을 할까요? 또 남편이 김치찌개를 끓였다 해도 "여보! 제 사랑이 너무 익었지?"라고 말할 수 있습니다.

다음도 어느 수강생이 쓴 시입니다.

기도 _ 000

수리수리 마수리
수리수리 마수리

지금처럼
내가 좋아하는 사람
변함없이 좋아하게 해 주세요.

1연에 주문을 외우듯 표현한 것을 보고 사람들이 다 웃었습니다. 그
런데 2연의 반전으로 멋진 시가 되었어요. 이분은 곧 결혼할 예비 신랑
이었는데 예비 신부에 대한 사랑이 변함없기를 바라는 마음으로 시를
썼다고 합니다. 이 시에 대한 설명을 듣고 모두 박수를 쳤답니다.

누가 내게 "잠깐만요, 얼굴에 뭐가 묻었어요"라고 말하면 깜짝 놀라
얼굴을 만지거나 거울을 볼 거예요. 그런데 갑자기 "매력이 붙었어요"
라고 말하면 저절로 웃음이 나오겠죠. 이게 반전입니다. 정말 뭐가 묻
었으면 떼 주거나 닦아야겠죠. 이렇게도 시가 됩니다. (다음 왼쪽 시)

잠깐만요 _ 윤보영

잠깐만요
얼굴에
뭐 붙었어요

매력이요
매력!

질문 _ 윤보영

계장님!
있잖아요
혹시
꽃이라고 불러도 될까요?

　직장에서(오른쪽 시) "계장님! 혹시 꽃이라고 불러도 될까요?"라고 했더니, 계장님은 부끄러워했습니다. 그러자 옆에 있던 직원이 "계장님 아직도 그걸 모르셨어요?"라고 맞장구를 치자 계장님이 "쉿! 조용히 해! 커피 마시러 갑시다. 내가 살게!" 해서 직원 모두에게 커피를 산 적이 있는데, 제가 실제로 겪은 일입니다.

꽃 _ 윤보영

네가 꽃만큼
예쁘지 않다고 말하면
뭐라고 말할까

나 혼자 널 보겠다는 생각에
한 말이라고 하면

뭐라고 할까?

"네가 꽃만큼 예쁘지 않다고 말하면" 기분이 별로 안 좋겠죠. 차라
리 말을 하지 말든가, 예쁘지 않다고 말한 것에 기분 나쁘지만, 뒤에
반전이 있어 이 말 자체가 용서됩니다. "나 혼자 널 보겠다는 생각에
한 말이라고 하면 뭐라고 할까?" 어찌 보면 욕심인데 용서가 되는 욕심
입니다.

마음속에 _ 윤보영

나를 봐요
보이지 않지요?
그래요
나는 늘
그대 마음속에 있으니까.

분명 봤는데 보이지 않으면 아쉽죠! 보여야 하는데 보이지 않는 게 당
연한 것은 왜 그럴까요? "나는 늘 그대 마음속에 있으니까." 그대 마음
속에 있으니 당신이 나를 볼 수 없는 겁니다. 앞에 보이는 것이 다가 아
니라는 거죠.

행복한 고백 _ 000

나는
적극적이지 못해요
좋아하는 사람
생각할 때 말고는.

고백은 별로 안 좋지만, 시에서 이것도 좋은 고백으로 반전시켰지요.
"좋아하는 사람 생각할 때 말고는"이라고 표현한 것은 '좋아하는 사람
생각할 때는 열정과 정성을 다해 좋아한다'는 의미가 담겼습니다. 결국
반전을 통해서 '사랑할 수 있어!' '사랑하고 싶어!'라고 고백한 겁니다.

잠자기 전에 오늘 무슨 일이 있었는지 돌아보는 것도 시가 됩니다.

생각 정리 _ 윤보영

잠들기 전에는
온종일 꺼내 본 그리움을
정리하곤 합니다

늘 부족해서
아쉽기는 하지만.

"정리하곤 합니다." 이렇게 하고 자면 되는데 뒤에 반전이 있어 글맛을 살려 주네요. "늘 부족해서 아쉽기는 하지만" 매일 저녁 정리했다는 겁니다. 늘 부족해서 아쉽긴 하지만, 정리할 때 '내일은 좀 더 많이 생각해야지.' 이런 반성을 한다는 내용입니다.

너 _ 윤보영

세상에
불공평해도 되는 것

예쁜 네가
마음까지 고운 것!

사람들은 공평한 것을 좋아합니다. 그런데 "예쁜 네가 마음까지 고운 것!" 얼굴만 예쁜 것이 아니라 마음도 예쁘다고 하니까, 불공평해도 나를 좋아하는 당신이니까 이해가 되는 시입니다.

그대 떠나던 날 _ 윤보영

흐르는 물에
그리움을 던졌네
그대 생각이 모여
강물이 되는 줄도 모르고.

다시는 네 생각 안 할 거라면서 그리움을 툭 던졌는데, 그렇다고 생각이 안 나나요? 지운다고 지워질 수 있나요? 아니죠. "그대 생각이 모여 강물이 되는 줄 모르고 던졌다. 그대 떠나는 날" 이렇게 반전으로 '안타까움과 아쉬운 마음'을 표현했습니다.

거짓말 _ 윤보영

그대가
진정으로 원한다면
사랑하지만
보내 드릴 수 있습니다.

결국, 보내지 않겠다는 겁니다. 보낸다는 말은 거짓말! 이렇게 반전으로 쓴 시입니다.

확인서 _ 윤보영

가끔 하고 있는 일에
검사를 받아야 할 때가 있어

하고 있는 네 생각이
부족하다고.

확인서는 결코 좋은 것이 아닙니다. 뭔가 검사를 받는 건 기분 좋은 게 아니죠. 그런데 가끔 확인서를 받고 싶을 때가 있지요. 좋은 느낌으로 해석될 때 말예요. '네 생각이 부족하다고 확인서를 받고 싶다'는 것처럼요.

미안하다 _ 윤보영

미안하다
너를 너무 좋아해서

미안하다
너를 자꾸 생각해서

미안하다
너를 많이 사랑해서

생각하고
다시 생각해도
모자라는 것 같아
정말 미안하다.

이렇게 "너무 좋아하고" "자꾸 생각하고" "많이 사랑하는" 것 자체가 부족한 거예요. 그래서 '부족해서 미안하다'는 식으로 시를 쓴 겁니다.

결국 미안하지 않으려면 사랑하는 마음을 더 많이 가져야 할 겁니다.


### 장미와 그대 _ 윤보영

그대는 장미꽃처럼
예쁜 것이 아닙니다
장미꽃이
그대처럼
예쁜 것이지.


'장미꽃보다 더 예쁘다'고 해야 하는데 '장미꽃보다 예쁘다는 말을 할 수 없다'고 하니까 기분이 별로입니다. 하지만 "장미꽃이 그대처럼 예쁜 것이지"라는 반전을 통해 이 시가 살아납니다.

### ▶▷▶ 제6공식 정리하기

짧은 시에도 감동이 있습니다. 이 감동은 반전이 있을 때 가능합니다. '어렵다, 어렵다' 하면 정말 어렵고, '쉽다, 쉽다' 하면 쉬워지는 것이 시입니다. 그래서 쉬운 말과 쉬운 이미지로 독자의 관점에서 이해할 수 있도록 써야 합니다. 반전은 시의 맛을 좋게 합니다. 장황한 설명이 있어도 마지막에 반전이 있으면, 장황한 설명이 오히려 반전을 이끌어 주는 배경이 되죠. 또 반전은 전혀 뜻하지 않게 전환시켜 깜짝 놀라게 되는 감동을 줍니다. 이 감동이 생활 속에서 에너지가 되기도 합니다.

## 감성시 쓰기 Tip

### ★ 엉뚱한 시 쓰기

엉뚱한 시란 말이 안 되는 내용으로 시를 쓰는 겁니다. 시 내용에 현실성이 없을 수 있지만 읽고 나면 "아하! 그럴 수도 있겠네" 하고 공감이 가면 시가 됩니다. 어떻게 하면 불가능한 것을 상상이나 느낌으로는 가능하게 만들 수 있을까요?

소설 같은 내용으로 시를 쓰면 이해가 안 될 수도 있지만, 그렇다고 전혀 공감이 안 되는 것은 아닙니다. '쓰고 보니, 시집에 담고 보니, 시를 읽는 독자들이 빙그레 미소 짓는 것 자체가 시가 되지 않을까?' 하는 생각이 들 수도 있죠.

의도적으로 '말도 안 되는 시를 써야지' 하면 생각에 힘이 들어가 시를 쓸 수 없게 될 수 있습니다. 좋은 시는 자연스럽게 메모하는 과정에서 쓸 수도 있고, 메모를 수정하면서 과감하게 말이 안 되는 방향으로 고치는 과정에서 탄생할 수도 있습니다.

시를 많이 써 본 사람이 좋은 시를 쓸 수 있습니다. 감성시는 일상 속에서 작은 감동, 순간의 생각을 메모하고 시에 옷을 입히듯 명품 시를 만들어 가는 과정에서 탄생됩니다. 우리는 일상 속에서 그 작은 감동을 수없이 만나게 되는데, 그 감동은 억지로 생각하면 멀리 도망가 버립니다.

제 시 중에 독자들이 최고의 시로 인정해 주는 '커피' 시는 감성시 메모 97번째 시로 우연히 적은 메모였습니다. 이 사례를 보면 지금 우리가 쓰고 있는 시중에 작가 자신의 멋진 글, 독자들이 최고라고 인정해 주는 글을 언제든지 쓸수 있다고 봅니다.

## ★ 짧을수록 좋은 글

제가 쓴 감성시는 두세 줄짜리도 많습니다. 물론 낭송시는 길게 쓸 수도 있지만, 지금 우리가 배우고 있는 감성시는 짧은 게 특징입니다.

그럼 어느 정도 짧아야 할까요? 시의 길고 짧음에 관한 규정은 없지만, 시에 감동만 담긴다면 짧을수록 독자들이 '아하!' 하고 감동하기 쉽습니다. 어쩌면 한 단어로도 가능하지 않을까요? 아직 한 단어로 시를 쓴 경험은 없지만, 세상에서 "가장 짧은 문장은 백지다!"라는 말을 들은 적이 있고, 학창시절 '물음표(?)와 느낌표(!)' 두 자의 편지 얘기도 들은 기억이 있습니다. '잘 있는지? 나도 잘 지내고 있다!'는 의미의 글이었다고 했습니다.

제목이 『한 줄도 너무 길다』(류시화)라는 시집을 사서 읽은 적 있습니다. 당시 짧은 시를 쓰던 제게 충격을 주기에 충분했는데, 류시화 시인의 '일본 하이쿠 모음집'이었죠. 이 시집은 제가 짧은 시를 쓰는 데 많은 도움이 되었습니다. 감성시를 배우는 분들의 짧은 글을 보고 독자들이 감탄하는 모습도 많이 봤습니다.


## ★ 닭 잡아먹고 오리발 내밀기

시에서(특히 감성시)는 '그대'라는 단어를 많이 사용합니다. 시를 설명하면서 결론 단락을 '나와 너', 특히 '너'가 될 때 독자는 더 크게 감동합니다. 그런데 "너가 누구야?" 하고 질문을 받을 수 있으니 '너'에 대해 오해를 사지 않도록 주의를 기울여야 합니다. 이때 필요한 것이 닭을 잡아먹고도 오리발을 내밀 수 있는 재치입니다. 이를 위해 물증을 남기지 말아야 합니다. '심증은 가는데 물증이 없다.' 이게 피해 가는 방법이죠. 그래서 '너'에 대한 범위를 넓게 잡는 것이 좋습니다.

(예시) 어느 모임에 갔는데 그곳에 피어 있는 "장미꽃이 친구 아내를 닮아서 꺾어 오고 싶었다"는 표현을 "함께 온 아내가 왜 저기 있을까?" 하고 질문으로 바꿨습니다. 절대 물증을 남기면 안 된다는 점! 기억하세요.

# [제7공식] 그림 그리기

한 장의 사진처럼 볼 수 있게 시를 쓰면 읽기도 편하고 이해도 쉽습니다. 사진을 보고 시를 짓거나 시를 보고 그림을 그린다는 말은 시 속에 사진이 있으면 그만큼 기억하기 쉽고 이해도 잘 된다는 뜻입니다.

거울을 보면 그 속에 누가 있나요? 거울을 보고 있는 자신이 있지요. 다음은 거울 속 내 눈에 편지가 있다는 생각으로 쓴 시입니다.

거울 속의 편지 _ 윤보영

거울을 볼 때는
눈을 자세히 들여다보세요
내가
그대 생각하며 적어 놓은
글이 있을 테니까요.


이 시를 읽으면 거울 앞에 있는 내 모습이 그려집니다. 거울은 일상
에서 자주 만나는 시의 소재로 많이 등장합니다.

글을 읽다가 _ 윤보영

글 한 줄 가지고
몇 번을 읽어도
무슨 내용인지 알 수 없습니다
이상하다 싶어
내 마음을 보니
엉뚱하게
그대 생각하고 있군요.


책을 읽다가 한 번쯤 경험해 봤을 겁니다. 책상 앞에 앉아 있는데
책 내용은 들어오지 않고 보고 싶은 사람 생각으로 가득합니다. 책을

읽거나 공부는 소홀했지만, 잠깐 기분 좋은 생각을 할 수 있습니다.

밭에서 감자를 막 캐낸 그림입니다. 캐기 전에는 감자가 땅속에 있었겠죠. 다음 시는 포기마다 여러 개 달려 나오는 감자를 '그리움'이라 생각하고 쓴 것입니다.

마음 밭 _ 윤보영

감자를 캐듯
그리움을 캔다면
끝없이
그대 생각만
주렁주렁 달려 나오겠지!
내 마음 밭에는.

감자를 캐는 상황과 연계해서 그대 생각을 하면 감자 캐듯 달려 나오는 생각이 그려집니다. 어떻게 보면 시를 읽기만 해도 그대 생각이 달려 나오는 모습이 그림으로 그려지는 것을 느낄 수 있습니다.

창틀 사진입니다. 먼지가 밖으로 나가야 하는데 창틀 때문에 못 나가고 갇혀 있는 모습입니다. 그래서 이런 시를 써 봤습니다.

먼지 _ 윤보영

먼지야
너도 나처럼
그리운가 보구나
창틀에 앉아
쏟아지는 비를 보고 있는걸 보면.

이 시 덕분에 제가 '먼지' 시인이 되었습니다. 이 시를 보면서 비 오는 모습을 그릴 수 있고, 창틀에 앉아 있는 먼지를 상상하거나 독자만이 느낄 수 있는 그림을 그릴 수도 있습니다.

　사진의 나무처럼 잘린 아랫부분을 '그루터기'라고 하는데 뒤에 토끼 한 마리가 있을 것 같죠? 그리고 나무를 자르지 않았으면 그루터기는 없었겠죠?


　　　그루터기 _ 윤보영


　　　기다림은
　　　그루터기라 했지요
　　　하지만 어쩌죠?
　　　그루터기라면
　　　그리움을 잘라야 하는데
　　　난 아직 그대를
　　　내 안에 잘 가꾸고 있으니.

별을 따 본 적 있나요? 그 별 어떻게 따죠? 하늘에 사다리를 놓고 별을 딸 수 없으니 내 가슴에라도 사다리를 놓을 수밖에요.

별을 따다 _ 윤보영

사다리를 놓아야
별을 딴다고 했습니다

그렇다고
사다리를
하늘에 놓고 있는 것은 아니죠

제 가슴에
그 별이 있다는 사실
모르고 있는 건 아니죠?

홍매화가 곱게 피었습니다. 이 홍매화처럼 그대 모습이 잘 드러나길 바랍니다. 다음은 수없이 많은 사람 중에 홍매화처럼 그대가 먼 데서도 나를 알아보고 다가왔으면 좋겠다는 생각으로 쓴 시입니다.

## 홍매화 _ 윤보영

홍매화를 심고 싶다고 했지요
그런데 어쩌죠?
갑자기 매화나무가 되고 싶은데
그대 좋아하는 붉은 꽃을
가슴 가득 피우고 싶은데.

내가 홍매화가 되고 싶은 겁니다. 홍매화를 빨리 알아보듯, 그대가 나를 얼른 알아보고 다가오도록 내가 홍매화가 되고 싶은 거죠.

샘과 우물에 대해 이야기해 보겠습니다. 샘은 자연스럽게 물이 솟아나는 것이고 우물은 땅을 파서 인위적으로 만드는 것이어서 잘못 파면 물이 나오지 않을 수도 있습니다. 샘물은 땅에서 자연스럽게 솟아나와 떠서 바로 마실 수 있죠. 물이 그리움이고 보고 싶은 마음이라면, 우물보다 샘이 더 감동을 담아낼 수 있겠죠. 우물과 솟아나는 샘이 자연스럽게 조화를 이뤄 이런 시가 탄생했습니다.

## 내 사랑 _ 윤보영

내 사랑은
그대 생각이 담긴
우물이 아닙니다

넘쳐나는 샘입니다.

내면의 감동을 끌어내기 위해서는 노력이 필요합니다. 그냥 나열해 놓은 시는 독자들에게 감동을 주는 데 한계가 있을 수 있거든요. 느낌이 분산되기 때문입니다.

행복섬 _ 윤보영

너는
내 그리움 가운데
사랑으로 놓인.

여기서는 결론을 강조하기 위해 내용의 일부를 제목으로 했어요. 서울의 중심 남산을 서울의 섬으로 보면, 내 안의 섬은 그리움입니다. 그리움의 섬은 그대 생각이 될 수 있겠죠. 그대 생각의 섬은 그대의 웃는 얼굴이구요. 이렇게 좁혀 가면서 강조하다 보면 하나의 섬으로 글이 모아지는 시를 쓸 수 있습니다.

"너를 기다리다 목이 빠질 뻔했다"는 말을 들어본 적 있을 겁니다. 이때 기린의 목이 연상됩니다. 기린은 목이 길어 기다림으로 표현할 수 있죠. 담장이 있는 마당에서 누군가를 기다린다면 담장 밖으로 목을 길게 빼고 서 있는 사람 모습이 그려지지요. 그 모습을 시로 쓴 겁니다.

## 기린처럼 _ 윤보영

그리움을 쭉 빼고
그대를 기다린다
기린처럼.

다음은 차를 마시려다 찻잔 속에 보이는 그대 모습이 흔들려 지워질까 봐 찻잔을 살그머니 내려놓는 그림이 그려지는 시입니다.

## 찻잔 _ 윤보영

찻잔 위에 어리는 얼굴
미소 짓는 당신입니다
흔들리면 지워질까
살며시 내려놓습니다.

연못에 비친 달을 보고도 비슷한 시를 쓸 수 있습니다. "저녁에 달이 떠 연못에 비칩니다. 연못 물이 잔잔하면 달빛이 그대로 보이는데 바람에 연못 물이 일렁이면 달도 일렁입니다." 이렇게 달이 연못에 일렁이는 모습을 좋아하는 사람과 연계해서 시를 쓸 수도 있어요.

상사화는 잎과 꽃이 서로 다른 시기에 피고 지기 때문에 만날 수 없어 붙여진 이름입니다. 다음은 이 꽃을 소재로 쓴 시입니다.

## 상사화 _ 윤보영

상사화다
그리움이다
사랑이다
아! 날 기다리게 하는 너다
얼굴을 볼 수 없고
생각만 할 수 있는
내 안의 너다.

다음 사진은 '이야기터 휴'에 있는 구절초 꽃밭입니다.

구절초 _ 윤보영


보고 싶은 당신

대신 보라며

웃는 모습 흉내 내는

저 귀여운 꽃

구절초 꽃!


보고 싶은 사람을 볼 수 없어 "대신 보라며 웃는 모습", 보고 싶은 사람을 귀여운 꽃으로 표현한 것을 보고 구절초가 자연스럽게 연상되는 시입니다.

풍경 _ 윤보영

내 마음 어귀에
풍경을 달았습니다

늘 기다리는 그대!
연락 없이 올 때
문 열고 달려나가
반길 수 있게.

한옥 처마에 풍경을 달았습니다. 풍경은 처마 끝에 달지만, 이것을 내 마음 어귀에 달았어요. 왜? 당신을 기다리다가 당신이 문 열고 들어올 때 딸랑딸랑 소리가 나면 빨리 뛰어나갈 수 있게 마음 어귀에 달았다는 내용의 시입니다. 처마 끝에 달린 풍경이든 문에 달린 풍경이든 풍경이 있는 사진이 그려지죠?

촛불 _ 윤보영

외로움을 달래던 촛불이
왈칵 눈물을 쏟습니다

너무 애절한
내 마음을 보고
도저히 참을 수 없었나 봅니다.

정말 애절합니다. 촛불이 타다 보면 촛농이 갑자기 흘러내릴 때가 있죠. 이 상황을 보고 '촛불이 눈물 흘렸다'고 하거든요.

모든 시계는 한쪽으로만 움직입니다. 하지만 시에서는 가끔 반대로 가는 경우도 나오죠. 상상이기 때문에 가능한 일입니다. 시간이 반대로

갈 수는 없지만, 추억이나 기억은 시계와 달리 반대로 되돌려야 말이
될 수 있으니까요.


손목시계 _ 윤보영


시계야
앞으로만 가지 말고
되돌아갈 수는 없니?
늘 그리워하는 그대를
처음 만났던 날로.


헤어지거나 기다리는 안타까운 심정을 시계로 대신 설명한 겁니다.

강원도 고성 서낭바위 (사진: 인스타그램 makgeolri1zan)

바위 위에 소나무 한 그루가 자라고 있습니다. 바위가 이 소나무를 잘 보듬고 있는 모습입니다. 수분을 아껴서 조금씩 나누어 주며 소나무가 잘 자라게 사랑을 주는 거죠. 이런 광경은 관광지에서 얼마든지 볼 수 있고 산행을 하다 보면 절벽 같은 곳에서도 볼 수 있습니다.

바위와 소나무 _ 윤보영

사랑으로 보듬어
소나무를 키워 내는
저 바위처럼

그리움을 보듬고 살면

내 안에도 그대가

뿌리내릴 수 있을까?


이 시처럼 사랑이 우리 가슴에 뿌리내리고 있습니다. 잘 어루만지고 꺼내 볼 수 있는 대상을 바위로 하고 그곳에 사랑이 자라고 있다는 의미를 설명한 거죠. 이 시를 읽으면 바위와 소나무 사진이 그려집니다.

우리 기억 속에는 여러 가지 경험이 모여 있습니다. 그 기억 속에서 그대 생각, 같이 식사하던 때, 여행하던 때, 등산하던 때 등 어느 한 부분을 찾기는 쉽지 않겠지요.

책장에 다양한 책이 꽂혀 있네요. 서점에서는 책 목록을 만들어 고객이 컴퓨터를 통해 찾으면 어느 구역 어느 책장 어느 곳에 원하는 책이

있는지 그 정보를 제공합니다. 우리 기억도 책장의 책처럼 잘 정리해서 저장해 놓으면 원하는 생각을 찾기 쉽겠죠?

### 책장 _ 윤보영

책장의 책처럼
그대 생각도
내 안에 차례대로 꽂았다면
지난 생각 찾기 쉬울 텐데.

귀뚜라미는 늦여름부터 가을까지 우는데, 여름과 가을을 이어준다고 표현할 수 있어요. 우리에게는 '귀뚜라미 하면 가을이다' 할 만큼 깊이 인식돼 있죠. 조용한 가을밤에 귀뚜라미가 울면 잠도 오지 않고 보고 싶은 사람이 생각날 수 있습니다.

### 귀뚜라미 _ 윤보영

밤마다 울어대는
귀뚜라미야
너는 재미로 울지만
나는, 내 안의 그대 생각에
가슴이 아프단다
애간장이 다 녹거든.

귀뚜라미는 재미로 울지 않을 수도 있지만, 제가 듣기에 그렇게 들릴 수도 있고, 어디선가 울고 있는 귀뚜라미 모습을 그려낼 수 있죠.

매미 허물 _ 윤보영

사랑으로
얼마나 세게 껴안았으면
허물만 남았니
여름 매미야.

나무에 남아 있는 매미 허물을 보고 쓴 시입니다. 매미의 변해 가는 모습을 나타낸 건데, 이것을 사랑과 연계하면 이렇게 표현할 수 있는 겁니다. 매미 허물을 보신 분은 느낌 아시죠?

## ▶▷▶ 제7공식 정리하기

지금까지 '그림 그리기'에 대해 사례 중심으로 설명했습니다. 시 속에 그림을 그려 주면 시가 더 잘 이해되고 또 더 오래 기억에 남게 됩니다. 그림 그리기 공식을 잘 이용해서 시를 쓰면 시상 잡기가 쉽고 시맛도 제대로 느낄 수 있어요. 우리가 사진을 보면 잘 잊혀지지 않듯 시 역시 그 안에 이미지나 그림을 담으면 감동뿐만 아니라 오래 기억에 남게 되죠. 저는 시를 적을 때 시 안에 그림을 담으려고 노력합니다. 이 그림이 결국 시를 읽는 독자가 주인공이 될 수 있게 이끌어 주는 역할도 합니다.

# 감성시 쓰기 Tip

### ★ 시에서의 시제

시에서 시제(時制)가 맞지 않는 경우가 있습니다. 시제란 '문장에서 동작·상태의 시간적 위치(현재·미래·과거)를 나타내는 범주'인데, 시제가 맞지 않으면 글의 의미 전달이 약해질 수 있습니다. 감성시는 보고 있는 현재에서 과거나 미래로 갔다가 다시 현재로 와야 글맛이 제대로 살아납니다.

우리가 쉽게 실수하는 건 '한다'와 '했었다'의 표현입니다. 지금 하고 있는데 '했었다'로 하거나 이미 했는데 '한다'로 표현하면 맞지 않습니다. 독자들도 이런 실수를 글에서 느끼게 된다는 점, 잊지 마세요.

### ★ 시에서 좋아하는 단어, 기피하는 단어

[좋아하는 단어] 감성시에서 좋아하는 단어를 결정하는 건 시를 쓰는 작가의 취향이지만, 그 단어가 독자들에게 어떻게 받아들여질까 하는 의문이 남을 수 있습니다. 제 경험으로 볼 때 시에서 좋아하는 단어는 그 단어가 어느 정도의 감동을 주는지에 있다고 할 수 있습니다. 우리가 가끔 "시인이네요!" "시인처럼 말씀하시네요!"라는 말을 들을 때가 있는데, 이건 내가 한 말이 듣는 사람에게 감동을 주었다는 의미입니다.

시에서 좋아하는 단어는 일상에서 들었을 때 거부감보다는 감동에 무게가 실리는 것들이죠. 이런 의미에서 보면 쉬운 말로 대화하듯 나누는 단어가 좋겠지요. 친구와 대화할 때 한자어나 고사성어를 줄이는 것과 비슷해요. 그런 면에서 '사랑한다', '좋아한다', '보고 싶다', '그립다', '예쁘다', '멋있다', '상큼하다',

'꽃이다' 같은 말을 결론에 넣으면 독자들이 좋아하는 시가 될 여지가 높습니다.

[기피하는 단어] 시에서 기피하는 단어는 혐오감을 주거나 엉뚱한 상상을 하게 만드는 겁니다. 이런 단어를 사용할 때는 주의해야 합니다. 예를 들면 '침대'나 '샤워' 같은 단어는 시를 읽는 독자가 작가를 대상으로 그 장면을 상상하게 만들 우려가 있습니다. 또 '피', '똥', '침', '눈곱' 같은 단어는 혐오감과 불쾌감을 줄 우려가 있습니다.

## ★ 존칭어 사용

시에서 존칭어는 얼마든지 사용할 수 있고 당연히 가능합니다. 다만, 존칭어는 동일 문장이나 한 편의 시에서 통일해야 합니다. 시집을 펼쳤을 때 중간 부분만 존칭어를 사용한 시가 있다면 작가가 두고두고 아쉬워할 시가 될 수 있기 때문입니다.

# 제4부
# 대중이 좋아하는 감성시 쓰기

대중이 원하고 좋아하는 감성시를 쓰고 싶은 분들은 어떤 사물이나 현상에 대해 눈에 보이지 않는 내면을 들여다볼 수 있는 관찰력을 가져야 합니다. 눈에 보이는 사물이나 현상은 시인이 아닌 사람들도 쉽게 볼 수 있죠. 그러나 독자들이 읽어 주는 시를 쓰고 싶으면 거기에 그쳐서는 안 됩니다. 사물이나 사회 현상들의 내면도 볼 수 있어야 합니다.

예를 들어 강 주변에 있는 갈대나 물속 생물들을 생각해 보세요. 그것들을 그냥 '가을에 멋진 모습을 기대할 수 있겠구나' 하는 정도로 생각해서는 안 됩니다. 모든 것에는 생명이 있고 삶이 있다고 봐야 합니다. 그래서 들에 있는 풀 한 포기, 나무 한 그루, 꽃 한 송이, 나무와 나무 사이에 걸쳐 있는 거미줄 하나도 생명을 불어넣어 시를 쓸 수 있어야 합니다.

뿐만 아니라 여러분이 타고 다니는 자전거와 자동차, 비행기, 지하철 전동차도 사람들에게 종속된 물건이 아니라 나름대로 생명력을 지닌 것으로 볼 수 있어야 합니다. 자동차는 단순히 이동수단일 뿐이라는 일반론에 갇혀서는 시를 쓸 수 없습니다.

아침에 동쪽에서 올라오는 태양도 우리가 출근하는 것처럼 표현할 수 있습니다. 그 태양도 우리처럼 하루를 시작하기 위해 동쪽에서 출근했다가 점심때는 우리 머리 위에 떠서 나름의 역할을 하고 있지요. 그렇게 하루를 마치고 서쪽으로 넘어갈 텐데, 그것이 우리 눈에는 노을로 나타나는 거죠. 시인이 되기 위해서는 이런 것도 볼 수 있어야 합니다.

# [제8공식] 비교하기

시를 배우면서 어려운 것 중 하나가 시상 잡기인데, '비교하기'는 감성 시에서 매우 중요한 역할을 합니다. 이미지와 생각을 비교해서 감동을 주니까요. 이 비교기법을 이용하려면 사물을 먼저 제시하고 그에 대응하는 생각을 비교하는 거예요. 이 기법은 시상을 얻는 데 유리합니다. 실제로 감성시 쓰기 수업에서 이 '비교기법'을 설명했더니 시를 쉽게 쓰더라고요.

▶▷▶ **비교방법**

'비교하기'는 제시된 사물에 대한 사실적 묘사를 공감 가는 시로 쓰는 데 적합합니다. 또 전혀 생각지 못한 상황을 비교로 제시해 깜짝 놀랄 반응을 이끌어 내 감동으로 이어지게 만들기도 합니다. 사물과 생각을 비교하거나 혹은 사물과 사물을 나열할 수 있고, 사물과 생각을 반대 개념으로 제시해 감동하도록 전개하면 됩니다.

예를 들어 지우개를 생각해 봅시다. 지우개는 연필로 쓴 글씨를 지울 수 있다는 건 다 아는 사실이죠. 그럼 글씨를 지우면 무엇이 남을까요?

당연히 종이가 남겠지만, 그 종이에 생각을 넣어 비교했을 때 감동이 남습니다. 이렇게요!

지우개 _ 윤보영

지우개로
글씨를 지우면
종이가 남지만

그리움으로
내 일상을 지우면
그대 얼굴만 남는다.

1연은 사실적인 사물을 제시하고, 2연에서 생각(상상)을 대비시켜 감동을 불러일으키면 됩니다.

연은 주로 연못에서 자라는데 연못 물은 흐르지 않고 고여 있지요. 연못은 뻘(개흙의 방언으로 갯바닥이나 늪 바닥, 진펄 같은 데 있는 거무스름하고 미끈미끈한 흙) 형태로 관리되고 그 위에

연잎이 덮여 있어 물이 깨끗하지 않아요. 그런 물에서 연이 자라 꽃이 핍니다. 맑은 물이나 흐르는 물에서는 연이 잘 자라지 않을 수 있어요. 그래서 연은 흙탕물을 정화시킨다는 말도 있는데, 이것을 사실적으로 묘사한 시입니다.

### 연꽃과 그대 _ 윤보영

연못에 핀 연은
내려놓고 비워서
더 예쁜 꽃을 피우고

그대 그리운 나는
시도 때도 없이
내 안에 그대 생각 채워서
더 예쁜 꽃을 피우고.

1연과 2연 모두 꽃을 얘기합니다. 1연은 깨끗한 것을 고집하지 않는다는 의미이고, 2연은 내려놓는 것이 아닌 더 예쁜 꽃으로 피우고 싶은 욕심이 담긴 글로 대비시켰습니다.

연못에 꽃잎 하나가 떠 있는 것을 본 적 있지요? 꽃잎뿐만 아니라 가을 단풍이 떨어져 있어도 멋지죠. 연못의 꽃잎과 낙엽은 그 자체로도 시선을 끌기에 충분한데, 다음은 이 광경을 시로 쓴 겁니다.

휴식 _ 윤보영

연못에 떠 있는
꽃 한 송이는
사람들 눈길을 멈추게 하고

그리움에 떠 있는
그대 생각은
내 일상을 멈추게 하고.

1연은 사물을 표현한 것이고, 2연은 생각을 표현해 비교한 겁니다. 연못에 떠 있는 꽃 한 송이를 바라보며 휴식을 취할 수도 있는데, 그 휴식이 쉬면서 잠깐 그대 생각할 수 있는 시간을 의미할 수도 있죠.

억새는 한 포기보다는 무리 지어 핍니다. 만일 한 포기만 핀다면 사람들의 시선을 끌지 못할 수도 있습니다. 무리 지어 언덕 전체를 뒤덮으면 사람들이 일부러라도 찾아가거든요.

## 억새와 그대 _ 윤보영

언덕의 억새는
몸을 흔들어
자신을 알리고

내 안의 그대는
시도 때도 없이 생각나
자신을 알리고.

1연 마지막의 "알리고"와 2연 마지막의 "알리고"는 같은 표현이지만, 1연은 억새가 바람에 흔들려서 자신을 알리고, 2연은 내 안에 있는 그대가 시도 때도 없이 생각나서 자신을 알린다고 비교했습니다. 사물의 실제 상황과 내 마음을 비교함으로써 감동으로 이어지는 거지요.

\* 억새 : 볏과에 속하는 여러해살이풀로 주로 산이나 들과 같은 건조한 곳에 살며, 키가 1~2m로 갈대보다 작고 하얀 꽃이 핀다.
\* 갈대 : 강가나 연못가 등 물기가 많은 곳에 무리지어 자라는 여러해살이풀로 키는 1~3m 이고, 9월에 갈색 꽃이 핀다.

자고 일어나거나 졸음이 오면 하품이 나옵니다. 잠을 깨우기도 하고 피로를 풀어 주기도 하는 하품하는 모습을 보고 쓴 시입니다.

천하제일 _ 윤보영

가장 맛있는 게
무엇일까?
하품

하품보다
더 맛있는 것은?
그대 생각!

가끔 커피잔을 들고 의자에 앉아 보고 싶은 사람을 생각하거나, 단풍이나 꽃을 보며 지그시 눈을 감고 보고 싶은 사람 생각 한번 꺼내 보세요. 얼마나 달콤한지…. 이런 생각이 결국 휴식이고 더 열심히 일할 수 있는 에너지를 줍니다. 잠시 꺼내 보는 그대 생각이 나에게 행복을 느끼게 해 주죠.

시냇물을 들여다보면 돌과 바위가 있고, 거기에 물고기가 살고 있습니다. 그런데 바위를 흔들거나 자리를 옮기면 바위 밑에 숨어 있던 물고기들이 흩어집니다. 이 상황을 시로 썼습니다.

시냇가에서 _ 윤보영

물에 잠긴 바위를 흔들면
놀란 고기가 달려 나오고

내 그리움을 흔들면
기다렸던 그대 생각이 달려 나오고.

1연은 물속 바위 밑에 있는 물고기를 사실적으로 표현하고, 2연은 내 생각, 그리움을 비교해서 표현했습니다. 내 가슴속 그리움을 흔들면 기다리는 그대 생각이 난다고요.

연못가에 버드나무가 있습니다. 이 나무는 잔가지가 아래로 늘어져 능수버들이라고 하는데, 주로 물 주변에서 자라기 때문에 수양버들이라고도 합니다. 잔가지 끝이 물에 닿을 듯 말 듯 한 수양버들 모습을 시로 표현했습니다.

그리움 _ 윤보영

능수버들 가지가
연못 물에 닿을 듯 말 듯

그대 생각이
내 그리움에 닿을 듯 말 듯.

둘 다 "닿을 듯 말 듯"입니다. 누군가에 대한 그리움도 이렇게 표현할
수 있습니다.

추운 날은 _ 윤보영

사람들은
날이 추워진 만큼
더 따뜻한 옷을 꺼내고

나는 그리운 만큼
내 안에서
따뜻한 그대 생각을 꺼내고.

추위가 시작된다는 '입동(立冬)'은 우리나라 24절기 중 하나입니다. 날
이 추워지면 두꺼운 옷을 꺼내 입는데, 꼭 두껍다고 따뜻한 건 아니고

얇으면서도 따뜻한 옷이 있습니다. 사람들은 추울 때 따뜻한 옷을 꺼내지만 나는 그대 생각을 꺼낸다는 내용입니다. 꺼낸다는 의미가 같은 것 같지만 다르죠. 이렇게 비교했을 때 추가 설명 없이도 시에 담긴 뜻을 금방 이해할 수 있게 됩니다.

다음 시 1연, 2연 모두 '즐거워한다'는 주제로 썼습니다. 노랗게 핀 민들레를 웃는 얼굴로 보고 즐겁다는 내용의 시입니다.

민들레 _ 윤보영

들판은 민들레꽃을
달처럼 가슴에 담고
즐거워하고

그대 그리운 나는
그대 생각을
달처럼 가슴에 달고
즐거워하고.

다음 시는 구절초를 보고 '그대를 닮아서'와 '꽃을 닮아서'를 나열해 비교했습니다. 우리는 향기를 코로 맡지만 느낌으로도 맡습니다. 코로 맡는 것은 진짜 꽃향기이고, 느낌으로 맡는 것은 꽃 닮은 그대 미소로 느끼는 감동입니다.

## 가을에는 _ 윤보영

왜 가을에는
꽃향기가 더 진해질까
그대를 닮아서

왜 가을에는
그대가 더 그리울까
꽃을 닮아서.

## 이름으로 _ 윤보영

커피잔에 별이 총총 뜬다
사랑이란 이름으로

내 안에 오직 한 송이
해바라기꽃이 핀다
그대라는 이름으로.

　내가 하늘에 별을 달 수는 없지만 내가 본 하늘의 별을 커피잔으로 옮길 수는 있습니다. 내가 만일 하늘에 별을 단다면 내 가슴에 그대라는 별로 달 수 있겠죠. 반면, 내 안에 핀 해바라기는 여러 송이가 아니라 오직 한 송이입니다. 내가 좋아하는 당신, 당신 혼자면 된다는 겁니다. 결국 당신이 더 좋다는 의미를 나타내게 된 것이죠.

이어짐 _ 윤보영

기억 속에
너는
늘 그 자리
이어지는 그리움으로

네 곁에
나는
늘 이 자리
이어지는 기다림으로.

1연에서는 "이어지는 그리움으로"라고 썼고, 다시 2연에서 "이어지는 기다림으로" 표현했습니다. 1연은 그립다는 것이고, 2연은 기다린다는 거죠. 당신 곁, 그 자리에 나는 늘 있다는 의미입니다. 그리워하는 마음, 좋아하는 마음을 지우지 않고 '언젠가 만나겠지' 하는 마음으로 그 자리에 있다는 것이고, 또 기억 속의 너는 늘 그 자리에 기다림으로 있다는 의미를 담았습니다. 둘 다 이어진다는 의미의 시적 표현으로 독자의 마음을 잡았습니다.

하늘이 파란 이유는 빛의 산란으로 우리 눈에만 그렇게 보이는 겁니다. 구름이 없으면 맑게 보이고 구름이 있으면 하늘이 보이지 않지요. 하늘은 얼마나 깊어서 맑고 파랗게 보일까요? 너무 깊어서(가을에는 더 깊어져서) 더 맑게 보입니다.

그런데 커피잔에 담긴 커피는 진해서 맑다고 해 보면 어떨까요? 진해서 어두운 색으로 보이면 여기에 '그대 얼굴을 그리고', '그대 닮은 별을 단다'는 식으로 생각할 수 있겠지요. "하늘은 깊어서 맑고, 커피는 진해서 맑고." 이렇게 비교하여 그대 마음처럼, 그대 생각처럼 '맑은 이유'가 한 편의 시가 되었습니다.

맑은 이유 _ 윤보영

하늘은
깊어서 맑고

커피는
진해서 맑고.

\* 하늘이 파랗게 보이는 이유 : 태양이 지구 대기를 통과하면서 공기 중에 포함되어 있는 수증기나 먼지 등에 부딪혀 다시 방출되는 과정에서 빛의 산란이 이루어진다. 특히 가을 하늘이 더 파랗게 보이는 이유는 다른 계절보다 상대적으로 수증기나 작은 물방울들이 감소하기 때문이다.(네이버 지식백과)

### 그래도 괜찮아 _ 윤보영

노래 부르자 해놓고
꽃을 보고 있다
널 닮은 꽃
네 생각 담은 꽃

커피 마시자 해놓고
꽃을 보고 있다
너처럼 예쁜 꽃
네 생각 담긴 꽃.

1연에서는 "노래 부르자 해놓고" 노래는 안 부르고 "꽃을 보고 있는" 겁니다. 다행히 "널 닮은 꽃, 네 생각 담은 꽃"이랍니다.

2연에서는 커피 마시자 해놓고 커피는 안 마시고 꽃을 보고 있는 겁니다. 다행히 "너처럼 예쁜 꽃, 네 생각 담긴 꽃"이라 했네요. 그래도 괜찮다는 겁니다. 결국 둘 다 그대(너, 당신)로 연계되어 괜찮다는 의미, 좋아한다는 의미가 된 겁니다.

### 그대는 _ 윤보영

그대는 바다입니다
내가 바다로 가면

함께 살 섬 하나 만들어 놓고
섬이 되고자 하는
그대는 산입니다

내가 산으로 가면
함께 걸을 길을 만들어 놓고
길이 되고자 하는
그대는 바람입니다

그대 생각 앞세워
그대 머무는 곳에 데려다주겠다며
그리움이 되고자 하는
그대는
내 사랑입니다

날마다 날 행복하게 해 주는
사랑이 맞습니다.

　시작은 바다이고 그것이 섬으로 이어지면서 산으로 일단락되었고,
그 산이 길로, 바람으로 연결되더니 그대 생각이 나오고 결국 사랑으
로 마무리되었습니다.

미안하다 _ 윤보영

미안하다
너를 너무 좋아해서

미안하다
너를 자꾸 좋아해서

미안하다
너를 많이 사랑해서

생각하고
다시 생각해도
모자라는 것 같다
정말 미안하다.

'미안하다, 미안하다, 정말 미안하다'는 것인데, 듣는 사람은 기분 좋습니다. 이런 식으로 사과하면 다 받아줄 수 있겠죠.

다음은 반대 이미지를 비교해서 강하게 전환하는 방법입니다. 안경은 가까이 보거나 자세히 보고 싶을 때 쓰는데, 이것을 반대 개념으로 표현한 시입니다.

안경 _ 윤보영

사람들은 가까이
더 자세히 보고 싶어
안경을 쓰고

그대 그리운 나는
가까이
더 자세히 보고 싶어
눈을 감는다.

요즘은 렌즈 없이 패션으로 쓰기도 하지만, 일반적으로 안경은 잘
보기 위해서 쓰죠. 이 시에서는 안경을 쓰고도 "더 자세히 보고 싶어
눈을 감는다"는 반대 개념을 활용했습니다.

가을 연가 _ 윤보영

가을이
날 보고 수줍어
붉게 물들고 있다

나는
그대 생각에 수줍어
가슴 타들어가는데.

　단풍나무는 그 자체만으로도 예쁘죠. 단풍잎은 붉지만, 그대를 생각
하는 나는 붉은 정도가 아니라 '타들어간다'고 했습니다. 여기선 반대
의미도 있지만 강조하는 의미도 있습니다.

건물 밖을 보기 위해 만든 창문과 사랑하는 사람이 내 안을 들여다볼 수 있게 만든 창문은 용도나 방법이 다릅니다.

### 너를 기다리며 _ 윤보영

사람들은
안에서 밖을 내다보기 위해
창문을 내지만

나는 밖에서
안을 들여다볼 수 있게
창문을 냈어
너를 기다리며 열어 둔 창문.

## ▶▷▶ 제8공식 정리하기

지금까지 '비교하기'에 대해 알아보았습니다. 오랫동안 시를 쓰다 보니 비교하기 기법이 독자에게 큰 감동을 주면서 기억에 남는 시가 된다는 사실을 알게 되었습니다. 먼저 사물을 제시하고 그 사물과 반대되거나 비슷한 비교를 제시하면 됩니다. 요즘 저도 비교하기 기법으로 시를 많이 쓰고 있습니다. 아니, 쉽게 쓰고 있어요. 비교하기 기법을 잘 활용하면 좋은 시를 많이 쓸 수 있게 됩니다.

# 감성시 쓰기 Tip

## ★ 오타(誤打)와 사투리

[오타] 시에서 오타는 독자에게 거부감을 줍니다. 가끔 "나는 오타가 잘 보인다"고 말하는 사람도 오타를 내곤 하는데, 그만큼 자주 발생하므로 집중해서 봐야 합니다.

오타를 낸 본인은 이미 알고 있는 문장 흐름이나 내용 때문에 그냥 지나칠 수 있지만, 처음 시를 읽는 사람은 모래밭에 놓인 분홍 손수건처럼 또렷하게 보입니다.

출판된 시집에서 오타가 나와 스트레스를 받기도 합니다. 저 역시 시집에서 오타를 발견하고 부끄러움을 느낀 경험이 있어요. 특히, 독자들이 좋아하고 기억해 주는 시에서 오타가 발견되면 정말 당황스럽습니다. 시집을 낼 때 최종 교정에서 다른 사람이 원고를 읽어 주면 오타를 줄이고 완벽한 시집을 만드는 데 도움이 될 수 있으니 참고하세요.

[사투리] 시에 사투리를 그냥 쓰는 경우도 있습니다. 오타는 글자 한 자가 틀린 거지만 사투리는 단어를 잘못 적은 거죠. 그동안 우리는 국어 교과서뿐만 아니라 다양한 교재를 통해 표준어 사용을 연습해 왔습니다. 그 영향으로 사투리 사용이 줄어들긴 했지만, 완전히 사라진 건 아닙니다.

저도 자란 지역의 영향으로 '어'와 '으' 구분이 잘 안 되기도 하고 '사투리'를 사용한다는 지적을 받기도 했어요. 그래서 사투리 노출을 피하기 위해 비슷한 의미의 다른 단어를 사용할 때도 있었습니다.

예를 들면 '예쁘다'와 '에뿌다' 중 어느 것이 정확한지 모를 때는 '아름답다'나 '멋있다', '꽃 같다' 등으로 비켜 가기를 하고, '맞춤법 검사기능'을 사용하기도 합니다. 그렇다고 시에서 사투리를 무조건 사용할 수 없다는 의미는 아닙니다. 대화 내용을 인용할 때는 큰따옴표(" ")나 한 줄 줄을 긋고 한 줄 들여쓰기(一)를 이용해 '사투리 대화' 형태로 표현하면 됩니다.

# [제9공식] 몰아가기

'몰아가기'는 특화된 시를 쓰고 싶거나 특화된 시인이 되고 싶은 분들에게 도움이 되는 시 쓰기 방식입니다. 제가 '커피 시인'으로 불리는 것처럼 특화된 시인이 되려면 특정 주제로 시를 써야 합니다.

시를 많이 쓴다고 대중 시인이 되는 건 한계가 있습니다. 많은 사람이 시를 읽어 주고 나를 기억해 주는 열성 독자로 만들려면 특화된 소재로 시를 쓰면 유리합니다. 사람들 뿐만 아니라 챗GPT(챗봇)에서도 저를 '커피 시인'으로 기억하는 것처럼요. 그러려면 한 가지 소재로 시를 쓰거나 시집을 냈을 때 특정 소재에 대한 시인으로 닉네임(애칭, 별명)이 만들어지고 나아가 스타가 될 수 있습니다. 스타는 작가 스스로 만드는 겁니다. 제 경우도 그랬습니다.

하지만, 어느 정도 대중적 인지도를 얻어 스타가 되는 것보다 유지하는 게 더 어렵습니다. 늘 새로운 시를 발표하고 독자들과 호흡해야 하니까요.

제가 1999년 1월 별에 관한 시 120편을 모아 『소금별 초록별』이라는 시집을 출간했을 때 '별 시인'이라는 애칭이 붙었어요. 그러다 보니 시집에 수록된 시가 별과 관련된 책에 인용되고, 또 별 관련 행사인 '보령의 별이 빛나는 밤'에 초대받아 특강도 했습니다.

그다음 전통 도자기 시집 『사기막골 이야기』를 펴냈더니, 다시 '도자기 시인'이라는 닉네임이 붙었어요. 이처럼 특정된 내용의 시를 이어 쓰거나 시집을 발표하면 닉네임이 따라붙습니다. 『사기막골 이야기』에 담긴 시로 '도자기 시낭송 콘서트'도 개최(경북 문경)했습니다.

2002년도에는 짧은 감성시집 5권을 냈는데, 이 시집에는 문자메시지로 보내기 좋은 짧은 감성시 600여 편이 실려 있습니다. 이 시를 처음 지을 때는 중학생 정도의 청소년들이 문자메시지 보낼 때 활용해 읽는 순간만이라도 가슴에 감성이 담길 수 있도록 하자는 목적이 있었습니다. 하지만, 막상 시집을 내니 주말부부나 가슴에 그리움이 많은 분들이 이 시를 애용했습니다. 이 시집을 계기로 '대중시인'이라는 타이틀을 얻게 됐습니다.

2005년에는 『그대가 있어 더 좋은 하루』라는 시집과 독자가 쉽게 가지고 다닐 수 있는 손바닥 크기의 시집 『바람편에 보낸 안부』와 『내 안의 그대가 그리운 날』 2권을 펴내 대중시인으로 자리를 굳히게 되었다고 생각합니다. 그때부터 동시 쓰기를 공부해 2009년 대전일보 신춘문예에 당선되면서 '아동문학가'가 됐습니다.

아동문학가가 되고 보니 많은 사람들이 저를 감성시인으로 기억하고 있었습니다. 하지만 몇 년 사이에 많은 분들이 감성시인으로 활동하고 있어 저를 특화하기 위해 커피 시를 쓰기 시작했습니다. 그러면서 커피 시인으로 자리 잡게 되었는데, 이는 커피 시집 4권과 『커피도 가끔은 사랑이 된다』등 5권의 커피 시집을 출간하면서부터였습니다.

한 가지 소재로 특화된 시를 쓰려면 일상이나 주변에서 다양한 주제를 찾아야 합니다.

먼저 비(雨)를 예로 들면, 아침에 내리는 비가 있고 저녁에 내리는 비, 소나기, 보슬비, 가랑비, 거리에 내리는 비, 사무실에서 바라보는 비, 도심에 내리는 비, 시골에 내리는 비, 가을에 내리는 비, 봄에 내리는 비, 여름에 내리는 비 등 많습니다.

이 비를 보거나 맞는 시점에 그 느낌을 바로 메모했다가 쓰는 시와 메모를 하지 않고 생각을 불러와서 쓰는 것과는 아주 다릅니다. 이처럼 비에 관한 시를 비 1, 비 2, 비 3 …… 비 20까지 썼습니다.


비 1


비가 내리는군요
내리는 비에
그리움이 젖을까 봐
마음의 우산을 준비했습니다
보고 싶은 그대.


이것은 비를 바라본 그때 느낌으로 적었지만, 그 비 역시 다른 방향에서 보거나 다른 장소에서 다른 느낌으로 본다면 다음 비 2, 비 3과 같이 쓸 수도 있습니다.

비 2

오늘같이
비가 내리는 날은
그대 찾아갑니다
그립다 못해 비가 됩니다.

비 3

내리는 비에는
옷이 젖지만
쏟아지는 그리움에는
마음이 젖는군요
벗을 수도 없고
말릴 수도 없고.

정말 많은 독자들이 좋아해 준 시입니다. '비'를 주제로 쓴 비 20에서 11편을 모아 '가슴에 내리는 비'라는 제목으로 전문가의 낭송으로 영상을 만들어 유튜브에 공개했습니다. 이것을 포함해 다양한 영상이 만들어지면서 24만 회(2023년 3월 기준) 이상 조회수를 기록하였고, 『가슴에 내리는 비』라는 시집도 출간했습니다.

비에 이어 편지와 관련된 시를 보겠습니다. 누구나 편지를 받으면 기분이 좋죠? 저는 독자들에게 많이 받았습니다. 그 편지 내용을 글로 적다 보면 편지 제목으로 여러 편을 쓸 수 있어요.

그래서 편지 내용으로만 편지 1, 편지 2, 편지 3…… 이렇게 시를 발표하자 편지쓰기동인회에서 특강 요청이 왔어요. 저를 기억해 주는 것은 특정 내용의 시, 즉 편지에 관한 내용을 이어서 발표하면서 그 단체로 하여금 저를 기억하게 했다는 겁니다.

지금은 SNS로 안부를 전하지만 손편지를 많이 썼던 기억이 있습니다. 다음은 편지를 주제로 시를 적은 겁니다.

## 편지 1

노을 위에
그리움을 적어 보셨나요
지는 해를 읽다가
눈물 속에 빠지도록.

## 편지 2

달에 적은 그리움은
우표 없이
당신에게 보낼 수 있어요
그 달
제 마음이니까.

## 편지 3

언젠가 당신이
내 마음에 두고 간 편지
지금도
그 편지 꺼내 보면
수줍어집니다
사랑이었는지.

## 편지 4

얼마나 더 그리워야
당신이
내 마음에 쓴 편지를
읽을 수 있을까요.

이렇게 편지에 대한 시가 계속 이어졌습니다. 심지어 '향기로 적은 편지'라는 낭송시가 만들어지고 유튜브에 공개되면서 많은 사람들에게 사랑받고 있습니다. '편지 시인'이라는 닉네임이 붙을 정도로 충분히 특화할 수 있는 시 쓰기 소재입니다.

꽃은 다 예쁩니다. 당연하죠. 또 계절에 따라 다른 꽃이 피기 때문에 이 꽃을 다양한 사랑으로 연결할 수 있습니다. 추억 속에 담긴 사랑, 사랑하는 사람 등을 등장시켜 꽃 이야기로 몰아서 시를 쓸 수 있습니다. 들꽃 1, 들꽃 2, 들꽃 3…… 이렇게 쓸 수 있겠죠. 그런 다음 개별적으로 발표할 때는 들꽃 1에 대표적인 내용으로 제목을 다시 붙일 수 있습니다. 하지만 처음 시를 쓸 때는 들꽃 1, 들꽃 2, 들꽃 3…… 이런 식으로 소재의 연속성을 살려 쓰면 됩니다.

저도 꽃을 주제로 시를 많이 썼습니다. 봄은 결국 기다림이 피운 꽃으로 보았지요. 봄에 여러 종류의 꽃이 피니까 봄꽃을 대상으로 시를 쓰다 보니 봄에 대한 시가 많습니다.

봄꽃 _ 윤보영

추위를 이겨내는
고통이 있었기에
봄꽃이 아름답다는군요
그리움을 참다 보면
그대
내 가슴에
꽃처럼 필 날도 있겠지요.

앞에서도 말씀드렸듯이 들꽃에 관한 시도 꽤 썼습니다. 들꽃뿐만 아니라 국화에 관한 시도 여러 편 쓰다 보니 '윤보영 시인은 꽃에 대한 시를 많이 쓴다'고 기억하는 분도 있더군요. 꽃을 좋아하는 분들은 당연히 그렇게 생각할 수 있겠죠. 이렇게 몰아 적었을 때 소재별 닉네임을 붙여 가며 기억해 줍니다.

커피는 어디서 마시는지와 누구와 마시느냐에 따라, 또 분위기에 따라 느낌이 다릅니다. 커피에 대한 추억도 많은데, 제가 처음 직장생활을 시작한 1990년대 초반에는 커피 자동판매기가 있었지만 직접 타서 마시는 것이 더 자연스러웠습니다. 지금은 골목골목에 예쁜 카페가 많고 커피 전문 대형 카페도 계속 생겨나고, 커피 수입량도 크게 늘어 종류도 다양합니다.

저는 다양한 커피 종류와 커피를 마시는 곳, 함께 있던 사람들과의 추억을 꺼내 일 년에 커피 시 1,300여 편을 썼습니다. 그래서 '커피 시인'으로 불리게 되었습니다.


커피 _ 윤보영


커피에 설탕을 넣고
크림을 넣었는데
맛이 싱겁네요
아~
그대 생각을 빠뜨렸군요.


이 시는 커피 시 중 가장 먼저 쓰기도 했지만 대표적인 커피 시가 되었습니다. '그대 생각을 빠뜨리지 않았다면' 이 커피 맛은 싱겁지 않았겠죠. '그대 생각'은 꼭 커피뿐만 아니라 커피를 탈 때 생각나는 사람도 될 수 있고, 함께 근무하는 직장 동료도 될 수 있고, 사랑하는 사람이나 부모님이 될 수도 있습니다. 이 시는 많은 사람의 사랑을 받았고, 1,500여 편의 커피 시 중에 최고로 꼽힌답니다.

## 커피 _ 윤보영

눈을 찡긋!
날 유혹하는 게
네 안의 널 닮았다
싫지 않게 닮았다.

부드러운 향기가 네 안의 널 닮아 싫지 않고, 커피가 그렇다는 겁니다.

## 커피와 네 생각 _ 윤보영

그대가 마시는 커피에
내 생각을 넣어 주면
쓸까? 달까?
쓰면 부담을 덜어내고
달면 내 생각을 넣어 주고.

커피가 쓰면 부담 없이 마실 수 있도록, 달면 더 생각할 수 있게 내
생각을 넣어 나를 생각하게 만들고, 내 사랑, 내 마음을 불러내어 마시
라는 의미입니다.

### 좋아하는 이유 _ 윤보영

너는 커피를 좋아하고
나는 그런 너를 좋아하고.

정말 많이 좋아하는 시입니다. 전국 곳곳 카페에 붙어 있는 시로 '좋아한다'는 내용을 결론으로 만들어 사랑 받는 시가 되었습니다.

이번에는 우리나라 기념일과 24절기 관련 시 '몰아적기'입니다.

### 3·1절 _ 윤보영

오늘 알았습니다
봄으로 들어선 나무들이
가지마다 만세를 부르고 있는 것을

오늘 알았습니다
3·1절을 기념하기 위해 달린 태극기가
만세를 부르고 있는 것을.

3·1절 아침에 이 시를 SNS에 올리면 독자들이 공유하면서 3·1절에 관한 인사를 주고받고 3·1절 관련 글을 써서 올립니다. 또 현충일,

광복절, 개천절 등 국경일 관련 시뿐만 아니라 24절기 중 입춘, 입하, 입추, 입동에 관한 시도 썼습니다. 절기에 대해 잘 모르는 독자들이 제 시를 읽고 '오늘이 입춘이구나', '오늘이 입하구나' 하고 기억합니다.

### 입춘 아침 _ 윤보영

입춘 아침
크게 한 번 웃었다

곁에 와 있는 봄이
내 얼굴로 들어오고
가슴으로 내려가
싱싱한 생각을 깨울 수 있게
소리 내어 웃었다

내 밖에도 봄
내 안의 봄도
따라 웃었다.

### 하지 _ 윤보영

하지하지 하지
생각났다고 말을 하지

하지하지 하지
좋아한다고 말을 하지

하지하지 하지
사랑한다고 말을 하지

하지하지 하지
용기 없어 못했다면
하지를 핑계대고 말을 하지.

입추 _ 윤보영

가을인 줄 모르고
아침부터
매미까지 데려와
부지런 떠는 더위야
오늘부터 가을이야 가을.

입동 _ 윤보영

오늘이 입동이면
이제부터 겨울인데
날이 이리 포근한 것은
당신이 있기 때문이겠지요

생각만 해도 좋고
만나면 더 좋은
가슴 따뜻한 당신!

계절에 특화된 내용을 시로 쓰면 독자들이 작가를 더 잘 기억하게 됩니다. 뿐만 아니라 매월 14일은 우리가 기억하고 있는 날이지요. 1월 14일(다이어리데이), 2월 14일(밸런타인데이), 3월 14일(화이트데이), 4월 14일(블랙데이), 또 경찰의날(10월 21일), 소방의날(11월 9일), 농업인의날(11월 11일) 등 이 날을 대상으로 시를 발표했습니다.

일상에서 시상을 잡을 때 범위를 넓히는 것도 고민해야 합니다. 국경일이나 기념일도 그렇고, 계절 꽃을 주제로 여러 편을 쓸 수 있습니다. 예를 들어 구절초 관련 시를 여러 편 쓰다 보면 '구절초 시인'이라는 닉네임이 붙기도 합니다.

## 구절초 연가 _ 윤보영

1.
구절초는 연습문제
보고 또 봐도
부족한 것 같아
자꾸 들여다보게 만들던.

2.
구절초는 사진
바람이
그대 생각 더 하라며
가슴에 그려둔.

3.
구절초는 친구 얼굴
보고 싶어도
참아내라며
꽃처럼 웃어주던.

4.
구절초는 구름
그대 보고 싶은 마음
이만큼 되냐며
하늘이 그려 보이던.

이런 식으로 구절초 20까지 썼는데, 이 정도면 '구절초 시인'이라는 닉네임이 붙는 건 당연하죠?

수많은 종류의 차(茶)를 가지고도 몰아쓸 수 있습니다. 좋아하는 사람, 사랑하는 사람을 생각하면서 여러 편을 쓸 수 있겠죠. 이처럼 특정 주제에 대해 몰아쓰기가 가능합니다.

1.
찻잔에
그대 생각을 담았으니
실수가 맞습니다.

2.
찻잔에 부는 바람도
그대 생각이라면
믿겠어요?

3.
찻잔에
비가 내리니
우산을 준비할 수도 없고.

4.
찻잔에
구름이 있습니다
그대 얼굴 그려보라며.

다음은 동백꽃을 가지고 몰아쓴 시입니다.

### 동백꽃 _ 윤보영

내 앞에 핀
저 동백꽃에
'너'라고 적고
내 가슴에 단다면?

### 동백꽃 사랑 _ 윤보영

오늘따라
동백꽃이 더 살갑다
너도 아닌데
너처럼
입맞춤해 주고 싶다.

부탁 _ 윤보영

동백꽃 당신
잠시 눈 한번
감아 주지 않겠소
너무 뜨거워서
숨조차 쉴 수 없는데.


글쎄 동백꽃 _ 윤보영

뚝뚝
떨어지는 동백꽃이 글쎄
내 가슴에 담기는 거 있죠
한 세월 지나도
내 안에 담기는
그대가 부럽다면서.


제주도는 우리나라 관광명소 중 외국인이 가장 많이 찾는 곳입니다. 제주도에 관한 시만 발표하거나 제주도에서 열리는 시화전에 제주도 시만 전시하면 '제주도 시인'이란 이름을 얻을 수도 있습니다.


제주도 바람은 _ 윤보영

제주도는 돌담 사이로
바람이 분다
나뭇가지를 흔들며 분다
내 옷깃을 흔들며 불고
지붕을 두드리며 분다

나에게는
그대 생각이 일상이듯

제주도는
바람이 일상이다.

　제주도 여행 사이트에 제주도 관련 시를 올리면 이 사이트를 찾는
분들이 자기 사이트에 다시 옮겨 홍보해 주는 효과도 있죠. 저는 제주
도를 내용으로 50여 편 이상 적었고, 지금도 이어 쓰고 있습니다.

### 제주도에서 _ 윤보영

제주도에 왔다가
가장 만족한 것은
내가 지금
제주도에 있다는 사실!

제주도를 떠나면서
가장 아쉬웠던 것은
제주도를 떠나야 한다는 사실!

### 웃음꽃 _ 윤보영

제주도를 둘러보고 있다
가는 곳마다
미소가 나왔다

나무와 꽃
건물과 사람들이 감동시켜
저절로 웃음이 나왔다.

제주도 행사에 갔다가 그곳에 제 시를 좋아하는 독자가 많다는 걸 알았습니다. 이를 계기로 '커피 시인 윤보영 제주 모임방'이 만들어져 (2022년 11월) 운영되고 있습니다.

특정 소재 시를 SNS(밴드, 페이스북, 카카오톡, 카페 등)에 발표하거나 시화로 만들어 올리면 독자들이 널리 알려 주는 홍보 효과도 있습니다. 예를 들어 짜장면 시를 여러 편 써서 시화로 만들어 중화요릿집에 전시할 수 있고, 김밥 시를 시화로 만들어서 김밥집에 전시할 수도 있죠. 그러면 손님들이 이 시화를 찍어 홍보해 줍니다. 짜장면, 짬뽕에 대해 몰아서 쓴 시를 소개합니다.

### 짜장면 레시피 _ 윤보영

맛있는 짜장면을 먹는데
왜 내 앞에 앉아
입가에 짜장면 묻혀 먹던
그대가 생각날까?
그대 생각에 웃었다
맛이 더 좋아 웃었다.

### 비법 _ 윤보영

보통 값으로
짜장면 곱빼기로 먹는 법
먹으면서
좋아하는 사람 생각 더하기
집에 가서도
그대 생각
배가 부르게 이어가기.

### 이 집 짬뽕 _ 윤보영

그래 오늘은 짬뽕이다
이 집 짬뽕
그리 맛있다는데

먹어 보니
정말 맛있다
그런데 왜
아버지가 생각나지?

### 주문 _ 윤보영

중국요리 식당에서
무엇이든
다 만들어 준다는 주방장에게
"정말로?" 하고 웃었다
'그대 생각나면'을
주문하면 뭐라고 할까?

또 소방관에 관한 시도 이어서 쓸 수 있습니다.

### 소방관 _ 윤보영

도움을 요청하면
망설임도 없이
마음을 앞세워 달려가는
소방관!

멋진 당신
내가 사랑하는 당신!

### 대한민국 소방관 _ 윤보영

가치를 돈으로 살 수 없고
명예를 돈으로 환산할 수 없는
대한민국 소방관!
우리는 당신을 사랑합니다.

제가 소방관에 관한 시를 써서 경기소방재난본부와 함께 소방관 시 낭송 콘서트(2019년)를 연 적이 있습니다. 그때 소방관들에게 저를 소방관 시를 쓰는 시인으로 각인시켰습니다.

다음 사진은 공원에 가면 흔히 볼 수 있는 솟대입니다. 세우게 된 나름의 이유도 있지만 보기가 좋아 사람들의 눈길을 끌지요. 이 솟대에 대한 시도 이어 쓸 수 있습니다.

## 그날 _ 윤보영

솟대 새가 웃는 날
사랑이 이루어진 날.

## 솟대와 생각 _ 윤보영

솟대 꼭대기에 앉은 새야!
내가 온 줄도 모르고
내가 가는 줄도 모르고
하루 종일 하늘만 보며
무슨 생각을 그리 깊게 하니.

## 솟대와 일상 _ 윤보영

솟대 새가
달빛 속으로 날아갔다
세상 이치가 그렇듯
달이 지면 시치미 떼고
다시 돌아오겠지.

## 솟대와 달 _ 윤보영

솟대 끝에
달이 앉았다
이제
그대 생각에 집중할 시간.

경찰에 대한 시도 이어서 썼고, 군인에 대한 시도 이어 썼습니다. 특화된 날에 관한 시를 써서 SNS에 올리면 이 글을 본 사람들이 '아! 오늘이 그날이구나' 하고 의미를 되새기는 계기도 됩니다.

# 경찰의 날 _ 윤보영

1.
10월 21일
오늘은 경찰의 날
수고하는 경찰에게
고마운 마음 전하는 날

감사합니다
고맙습니다
아무리 많이 얘기해도
감사한 마음이 모자라고

아무리 많이 생각해도
고마운 마음이 모자라는 날

그래서 한 번 더
감사합니다
고맙습니다
마음을 전하고 미소 짓는 날.

2.
아셔야 합니다
대한민국 경찰!
당신을 사랑하는 사람이
많다는 사실

당신을
정말 좋아하고 있는 나도
많은 사람 중에
한 사람이라는 사실

한 사람
한 사람이 모여
우리가 된다는 사실!

들꽃에 대한 시도 썼습니다. 제가 들꽃으로 60여 편을 쓰고 나니 사람들이 저를 '들꽃 시인'으로 불러주었습니다.

### 들꽃 1 _ 윤보영

당신처럼
작은 미소 한 번에도
좌르르
행복을 담아주는
저 들꽃!

### 들꽃 2 _ 윤보영

작은 미소 한 번에도
좌르르 행복을 담아주는
당신!

### 들꽃 3 _ 윤보영

마음이 아름다운 꽃은 보았지만
생각까지 아름다운 꽃은
처음입니다
송이송이 제 가슴에 다가와
그리움으로 피는 그대.

### 들꽃 4 _ 윤보영

들꽃을 보고 있는데
당신 생각이 납니다

보고 싶어
힘은 들어도
좋았습니다
아니 그래도 예쁜 꽃들이
그대 대신
향기까지 내밀잖아요.

'몰아가기' 기법은 특정 소재나 내용을 이어 쓰면서 자신을 특화하는 겁니다. 제 사례를 예로 들어 '별 시인', '도자기 시인', '커피 시인', '들꽃 시인' 등 작가에게 이름이 붙도록 몰아가기에 대해 알아보았습니다.

몰아가기 기법을 잘 이용하면 작가 이름을 특화시킬 수 있고, 그와 관련된 단체나 모임에서 강사로 초청하기도 합니다. 저는 독자들이 커피 시인으로 기억하고 있고, 강의할 때 '커피 시인으로 잘 알려진' 누구라고 소개하곤 합니다. 여러분도 자신만의 특화된 시를 적어 특화된 분야에서 멋진 역할을 할 수 있었으면 좋겠습니다.

## 감성시 쓰기 Tip

### ★ 중복 지우기

시에서 중복 표현은 글맛을 떨어뜨리거나 느낌이 줄어들게 됩니다. 예를 들어 '깜깜한 밤'에서 밤은 당연히 깜깜한데 다시 '깜깜'을 쓸 필요는 없습니다.

(예시)

| 초안(메모) | 수정(보완) |
|---|---|
| 혼자 마시는 술은 외로움으로 마시고 | (마시는)과 (마시고)는 둘 다 마신다는 의미가 담겨 있어 둘 중 하나를 생략합니다.(혼자 마시는 술은 외로움이고) |
| 보석처럼 빛나는 맑은 물이 흐르는 | (보석처럼)과 (빛나는), (맑은)은 깨끗한 물을 설명하는 중복으로 볼 수 있습니다.(보석처럼 빛나는 물이) |
| 밤하늘에 별들이 빛나고 있다 | (밤하늘)과 (별들이)는 중복으로 볼 수 있습니다. 어차피 별은 밤에 빛나니까 밤하늘이라 얘기 안 해도 밤이라는 의미가 담겨 있습니다. |

### ★ 시의 경제성

시에서 불필요한 말은 최대한 줄여야 합니다. 한 자라도 덜 적는 것이 좋습니다. 시를 쓸 때 글자수가 적으면 그만큼 긴장감이 있어 글맛이 좋아집니다. 독자들이 잘 모를 것 같아 자세히 설명하면 이미 알고 있는 내용일 수 있어 오히려 지루함을 느끼게 됩니다. 이처럼 친절한 표현 중에는 목적어(을, 를)나 조사(의)를 줄여야 할 필요도 있습니다.

또한 시간과 정도를 나타내는 부사 역시 생략하는 것이 좋습니다. 시간의 경제성에서 독자들은 투자한 시간, 즉 시집을 읽은 노력의 대가로 감동을 선물받아야 합니다. 감동을 위해서는 간결하게, 글자수를 줄이는 연습이 필요합니다.

## ★ 스토리가 있는 시

시를 쓸 때 이야기를 담을 수도 있고, 발표된 시에 독자들이 자기 이야기를 담을 수도 있습니다. 제 경우는 주로 절기(節氣) 시, 기념일 시, 요일 시, 12개월 시, 부모에 대한 시 등을 쓸 때 스토리를 담았습니다.

단순한 사물 묘사보다는 스토리에 의미를 부여해 독자들이 시를 읽으면서 인지하거나 스스로 주인공이 되어 스토리에 감동하게 하는 겁니다. 예를 들어 부모에 대한 시는 부모가 시인의 부모이면서 독자의 부모가 될 수 있게 전개하고, 생일이나 기념일을 시로 쓰기도 합니다. 이런 시가 독자들의 사랑을 받게 되면 시인을 알리는 큰 역할을 하게 됩니다.

또 스토리가 있는 낭송시 역시 독자들이 시의 주인공이 되어 감동하게 해야겠죠. 그런 의미에서 이야기로 시상을 잡으면 독자의 사랑을 받는 좋은 시가 되기에 충분합니다.

때로는 독자가 스토리를 부여해서 그 스토리를 또 다른 독자가 기억하는 사례도 있습니다. 치유(治癒) 시가 이에 해당하며, 짧은 감성시가 이 역할을 합니다. 독자들이 시를 읽고 쓴 소감은 댓글이나 전화 등을 통해 작가에게 전달되기도 하고, 독자들의 감동적인 이야기는 작가에게 시를 쓰는 보람을 느끼게 해줍니다.

## ★ 계절로 시 쓰기

계절로 시를 쓰면 독자들이 좋아합니다. 다만, 당시 상황을 시로 쓰기 때문에 그 상황을 벗어나서 시를 만나면 감동이 줄어들 수 있습니다. 예를 들어

'8월을 열면서'라는 시를 한겨울에 읽는다면 감동이 덜하겠지요. 그러나 SNS 활동을 하는 작가는 시를 써서 곧바로 팔로워나 친구, 이웃들과 공유해 효과를 높일 수 있습니다.

계절시는 시 소재로도 설명할 수 있습니다. 연말연시, 매월 초, 휴가철, 크리스마스 등 이벤트성 소재가 여기에 해당합니다. 계절의 변화에 따라 달라지는 상황도 소재로 가능한데, 새싹이 돋아났거나 단풍이 들었다거나, 귀뚜라미 소리가 들린다 같은 시가 그 예입니다. 연말연시에 발표되는 송년시나 한 해를 새롭게 시작하면서 쓰는 시 역시 좋은 사례입니다.

쓰는 방법은 연말 송년 편지처럼 한 해를 마무리하면서 솔직한 심정을 그대로 적으면 되지만, 반대 개념으로 쓸 수도 있습니다. 예를 들어 한겨울에 봄에 꽃을 피우는 벚나무의 마음과 표정을 적으면 이 역시 독자들이 공감할 수 있는 시가 됩니다.

매년 계절의 변화는 되풀이되고 그 변화를 내용으로 SNS 등에서 다시 활용할 수 있습니다. 저는 매해 신년을 맞는 글을 발표하는데 내용은 조금씩 다르지만 새해 아침 시가 SNS에 많이 공유되고 있습니다. 독자들이 이 시를 자기 SNS에 올려 주어 시간이 지나도 독자들을 만날 수 있고, 가끔 라디오 등에서 시청자와 함께할 수 있도록 소개를 해 주기도 합니다.


### ★ 목적시 쓰기

목적시는 시를 쓸 때 처음부터 특정 주제를 가지고 쓰는 시입니다. 목적시를 요청한 단체나 기관에서 행사에 맞는 시를 써달라고 합니다. 예를 들어 평화통일에 관한 시, 나라사랑에 관한 시, 독립운동에 관한 시, 한글날에 관한 시, 부모사랑에 관한 시, 바다에 관한 시, 귀농에 관한 시는 물론 양파즙에 대한 시,

김치와 간장에 대한 시, 화장품에 대한 시, 특정 음식에 대한 시 등 주제에 따라 종류가 다양합니다.

주최 측의 행사 성격에 따라 내용이 달라질 수 있지만, 이와 달리 요청 없이 작가가 주제를 정해 시를 쓰고 이 시를 관련 단체나 지방자치단체를 찾아가 행사 개최, 시비 건립 등을 요청할 수도 있습니다.

저는 북한산 자락 둘레길에 있는 애국지사 묘역을 찾아다니며 추모시를 써서 국가보훈처, 강북구청, 국립공원관리공단과 함께 16개 묘소마다 제 추모시를 설치한 일이 있습니다. 이 외에도 소방관에 대한 낭송시를 써서 경기도소방재난본부의 '소방관 시낭송회', 입양에 대한 시를 적어 중앙입양원의 '입양, 시로 말하다' 낭송회, 도자기를 주제로 시를 써서 문경에서 '도자기시 낭송회'를 개최한 적 있습니다.

또 어느 특정 기관에서 축시를 요청할 때도 있습니다. 낭송시라면 조금 길게 호흡 조절과 리듬감을 담아 완성하면 됩니다. '의료기관평가인증원' 10주년 기념 축시, 대한철강(주) 당진 제2공장 건립 축시, 각종 시낭송 단체 설립 축시를 지어 낭송가가 낭송한 적이 있습니다. 더불어 결혼식 축시를 지어 결혼식장에서 낭송하도록 도와준 적도 있습니다.

# [제10공식] 제목으로 시 만들기

 

 

SNS 시대에 시 제목은 매우 중요합니다. 시집 한 권에 시 한 편, 시 한 편에 시 한 줄이라 했습니다. 시 한 줄이 제목으로도 가능하다는 의미입니다. 신문을 스크랩할 때 요약과 본문을 따로 정리할 때가 있습니다. 요약을 제목 정도로 정리하고, 관심 있는 뉴스 본문을 찾아서 읽기도 합니다. 뉴스처럼 시도 제목이 중요합니다. 최근에는 뉴스 검색 순위를 클릭해서 내용을 읽기도 합니다.

그렇지만 시를 쓸 때 제목에 구속되면 좋은 시를 쓰기 어렵습니다. 제목을 먼저 정해 놓고 쓰면 시의 범위가 좁아지면서 시맛이 옅어집니다.

제목은 얼마든지 수정할 수 있으니 시상을 잡아 메모해 놓고 시를 쓰면 됩니다. 예를 들어 5월은 근로자의날(1일), 어린이날(5일), 어버이날(8일), 로즈데이(14일), 스승의날(15일), 성년의날(20일), 부부의날(21일) 등이 있습니다. 이 중에 어머니를 주제로 시를 쓸 때 어머니로 한정하면 어머니에 대한 기억을 불러오는 데 한계가 있습니다. 어머니에 대한 공통의 내용으로 쓰면 시맛이 덜하겠죠. 독자가 궁금증을 갖게 써야 합니다.

이 억새는 2월이나 3월이면 씨가 다 떨어지고 잎마저 바싹 말라 지친 듯한 모습이 됩니다. 어쩌면 마지막 남은 잎마저 바람에 털어 내는 모습은 모든 것을 더 주지 못해 안타까워하는 어머니 마음 같다는 생각이 들어 쓴 시입니다.

어머니 _ 윤보영

묵은 억새가
다 주고도 더 못 주어
허기진 몸을
바람에 털고 있다.

어머니에 대한 시를 쓰면서 바로 어머니 내용으로 들어가는 것이 아니라 억새를 얘기하며 "허기진 몸"이라는 시적 용어를 불러오고 제목을 어머니로 붙였습니다. 5월이 되면 '어머니' 제목의 이 시를 인터넷에서 쉽게 찾아볼 수 있는 것은, 억새와 어머니가 연결되듯 5월과 어머니가 연결되기 때문입니다.

시를 배울 때 시제(詩題)를 줍니다. 가을이나 하늘, 어머니, 가족, 통일 등 시제가 광범위하죠. 만일 가을이 주제라면 감나무, 갈대와 억새, 단풍과 높은 하늘 등을 언급하면서 마지막에 제목을 가을로 가면 됩니다. 제목(가을)부터 써 놓으면 '감이 익었다', '억새가 하얗게 되었다', '단풍 들었다' 이런 것만 생각나서 감동이나 여운이 살아나지 않습니다. 가을 중에서도 한 부분만 가지고 시를 쓸 때 깊이 있고 입에 감기는 맛을 느낄 수 있습니다.

시 주제가 '가을'일 때 '가을에는 단풍이 있습니다', '감이 익습니다' 한 다음 시간이 지나면 친구와 커피 마실 생각을 하게 됩니다. 그러면 "내가 시를 쓰고 있었지!" 하고 또다시 '단풍이 든다'라는 생각만 하다가 끝납니다. 결국 시를 시답게 쓰지 못하고 시시하게 끝나 버립니다.

제목도 연출입니다. 고유명사로 제목에 대한 확장이 필요하지만 비(雨), 강, 바다, 하늘, 꽃, 나무, 이런 내용을 가지고 시를 쓸 수 있죠. 예를 들어 비를 얘기하더라도 어떤 비인지, 강(江)도 어떤 강인지, 바다도 어떤 바다인지, 하늘은 또 어떤 하늘인지, 꽃은 어떤 꽃인지, 나무는 어떤 나무인지, 앞부분에 '어떤'이라는 형용사적 기법으로 확장해서 설명하면 됩니다. 이렇게 하면 시가 제목부터 읽을 맛이 나게 됩니다.

확장기법 중 형용사로 꾸미는 것에 대해 잠시 설명하겠습니다. 먼저 '아름답다'는 말은 '예쁘다'는 의미지만 사전적 의미로는 '예쁘다', '사랑스럽다', '꽃 같다', '귀엽다', '상큼하다' 등의 의미가 있습니다. 이것을 형용사적 기법으로 적용하는 거죠.

예를 들어 백합꽃을 표현하는데 1연에서 '예쁜 백합꽃'이라고 했다면 2연에서는 '아름다운 백합꽃', 3연에서는 '사랑스러운 백합꽃' 이런 식의 형용사적 꾸밈으로 해야 합니다. '사랑'이 있는데 '누구의 사랑이냐'라고 물었을 때 '물고기 사랑'이라고 했습니다. '어떤 물고기냐?'라고 다시 물으면 '외눈박이 물고기'라고 대답합니다.

| 물고기 사랑 _ ㅇㅇㅇ | 접시꽃 _ ㅇㅇㅇ |
|---|---|
| (사랑) | (사랑) |
| 누구 사랑? | 어떤 사랑? |
| (물고기 사랑) | (접시꽃 사랑) |
| 어떤 물고기 사랑? | 어떤 접시꽃 사랑? |
| (외눈박이 물고기 사랑!) | (내 사랑 담은 접시꽃 사랑!) |

'외눈박이 물고기 사랑'은 류시화 시인의 시집 제목입니다. 그는 사랑을 '물고기 사랑'으로 표현했고, 물고기는 '외눈박이 물고기'로 제목을 지어 사람들이 기억하기 편합니다. 제목에서 명사나 고유명사를 형용사적 기법으로 꾸밀 때 사람들이 '제목도 시다', 이렇게 인식하게 됩니다.

## 빨간 안경 _ 윤보영

(안경)

어떤 안경?

(빨간 안경)

어떤 빨간 안경?

(한라산이 쓰고 있는 빨간 안경!)

저는 빨간테 안경을 가끔 쓰는데, 이 안경을 쓰고 있어서 '단풍을 보는 눈', 이렇게 표현할 수 있습니다.

### ▶▷▶ 제목 정하기

제목 정하기에 대해 구체적으로 알아보겠습니다. 시에서 제목은 시 전체를 대표한다고 할 만큼 중요합니다. 그런데 많은 사람이 제목 정하기가 어렵다고 합니다. 어렵다면 어려울 수 있고, 쉽다고 생각하면 쉬울 수 있습니다.

제가 발표한 시가 1만여 편 된다고 보면 제목만 해도 1만 번을 적었다는 뜻이죠. 그러다 보니 제목이 중복될 수 있습니다. 그런데 독자들은 중복 제목을 좋아하지 않습니다. 가능하면 중복을 피해야 합니다. 저도 인터넷으로 제 시를 찾을 때 같은 제목이 여러 개 나와 당황할 때가 있습니다. 당연히 수정하고 싶지만 많은 사람이 카페 등에 직접 올려놓아 수정할 수가 없습니다.

시를 읽을 때 기억에 남는 제목이 있습니다. 신문을 펼쳤을 때 제목만으로 내용을 미리 짐작하듯 시도 그렇습니다. SNS에 시를 올릴 때 제목을 올리고 그 시를 검색하면 제목이 앞에 나오고 내용이 따라나옵니다. 예를 들어 '입춘' 시를 검색하면 수많은 시가 검색됩니다. 그래서 시 제목은 호감이 가게 붙여야 합니다

### ▶▷▶ 제목 꾸미기

시 제목을 산, 강, 하늘, 바다, 새, 꽃, 비, 별, 사랑, 우정, 행복 등 명사로 정하는 경우가 많은데, 이런 제목은 이미 많은 사람이 먼저 사용했습니다. 그래서 먼저 명사로 제목을 정하고 다음에 보충 설명을 하면 독자가 좋아하는 제목이 될 수 있습니다. 예를 들어 '여행', 어떤 여행? '기차여행', 어떤 기차여행? '가슴으로 달려오는 기차여행' 이렇게 지으면 됩니다. 꽃과 관련된 시라면 '꽃', 어떤 꽃? '외로운 꽃', 왜 외로운가? '어울려 피어도 외로운 꽃' 하면 이해되시죠? 하나 더 볼게요. '해바라기', 어떤 해바라기? '기타 치는 해바라기', 어디서 치는? '달빛 아래서 기타 치는 해바라기'.

### ▶▷▶ 제목으로 시 만들기

제목을 시의 일부로 만들어 여운이 남도록 하는데, 시의 경제성을 살리려면 제목에 비중을 두어 호기심을 자극할 필요가 있습니다. 제목이 시의 일부가 되게 하면 글자수가 줄어 그만큼 본문 내용이 줄어듭니다. 줄어든 만큼 긴장감이 더해지고 결국 감동으로 이어지죠. 시 제목을 여운이 따라올 수 있게 전개하되 본문과 동떨어진 제목은 싱거운 시가 될 수 있지요.

너 _ 윤보영

어휴!
깜짝이야
꽃인 줄 알았잖아.

이 시 제목인 '너'가 없으면 싱겁습니다. '너'를 시 본문에 표현할 수
도 있지만 그냥 보면서 얘기하듯 감동을 불어넣는 것인데, 그런 면에서
'너'라는 제목이 더 좋습니다. 앞에 있는 '너'를 보고 얘기하는 거죠. 이
렇게 제목이 시의 일부가 될 수 있습니다.

사랑섬 _ 윤보영

너는
내 그리움 가운데
사랑으로 놓인.

섬이 하나 있습니다. "너는 내 그리움 가운데 사랑으로 놓인(사랑섬)"
섬인데 마지막에 '사랑섬'이 들어가고 제목으로 또 들어가면 글자수도
많지 않은데 싱겁게 될 수 있습니다. 본문에는 '사랑섬'을 쓰지 않는 대
신 제목으로 쓰니까 섬이 강조되고 그림도 그려지면서 여운이 남는 시
가 됩니다.

### 미안해요 _ 윤보영

몰랐어요
내가 마시는 커피에
꽃이 피었다는 것을

정말 몰랐어요
그 꽃이
당신이라는 것!

"정말 몰랐어요. 그 꽃이 당신이라는 것!" 그래서 '미안해요' 강조의
의미로 제목을 사용했습니다. 제목으로 시의 부피를 줄이면서 강조도
할 수 있습니다.

### 등산 갈 때 _ 윤보영

생각 없이 길만 따라가면
땀만 나지만
내 안의 그대와
함께 걸으면
가슴에서 산바람이 분다
저절로 힘이 생긴다.

등산하면서 아무 생각 없이 앞사람만 따라가면 땀만 나는데 '산국화도 피었네', '나무도 많네', '단풍도 예쁘네'와 같이 생각하면서 걸어갈 때는 산바람이 가슴에 담겨 힘이 덜 들겠지요.

### 햇살아 미안해 _ 윤보영

나뭇잎 사이로 스며든 햇살이
가슴이 담긴다
하지만 늦었다
그대 생각이 내 안을 채운 지금은
햇살에게 눈길 줄 여유가 없다
이유도 없다.

제목이 시의 일부가 되어 단조로움도 줄이면서 강조도 하고 그 강조가 여운으로 남습니다. "지금은 햇살에게 눈길 줄 여유가 없다." 그래서 '햇살아 미안해' 이렇게 제목으로 한 번 더 강조했습니다.

### 좋은 버릇 _ 윤보영

네 얼굴 꺼내 놓고
웃는 모습 보는 것!

네 미소 보면서
나도 따라 웃는 것!

　1연과 2연에서 '좋은 버릇'을 말하고 제목이 시의 일부가 되어 시의
결론이 되게 쓴 겁니다.

### 이해가 안 된다 _ 윤보영

좋아하는 너에게
사랑한다는 말도 못하고
계속 좋아만 하고 있다는 것!

　'이해가 안 된다'고 했으나 사실은 이해가 되는 거죠. 내용을 읽고 나
면 이해가 됩니다. 글맛을 살리기 위해 제목을 '이해가 안 된다'고 했지
만 글 내용에는 이해할 수밖에 없도록 전개했습니다. 그러니 읽고 나
면 이해가 됩니다.
　시의 결론을 끝에 넣는 것이 아니라 제목에 넣을 수 있고, 가끔 결론
이 시 끝에 나와 글맛이 감소하는 느낌이 들면 제목에 제시할 수도 있
습니다.

매미 허물 _ 윤보영

이곳에서
긴 기다림을 마치고
짧은 사랑이 시작되었다.

　나무에 매미 허물이 붙어 있는 걸 본 적 있나요? 유충으로 7년이라
는 긴 기다림을 마치고 짧은 사랑으로 마감하는 매미. 긴 기다림이 있
었지만 사랑은 짧게 나누고 알을 낳으면서 자기 역할을 다하고 사라집
니다. 그 매미 허물로 시를 썼습니다. "이곳에서 긴 기다림을 마치고 짧
은 사랑이 시작되었다." 본문만 읽으면 무엇을 말하는지 모를 수 있지
만 '매미 허물'이라는 제목이 시 마지막 내용까지 해결해 줍니다.

## 커피를 마시다가 _ 윤보영

당신의 향기에 취하고
당신의 눈빛에 빠집니다.

커피를 마시면서 일어날 수 있는 다양한 생각과 상상을 시로 썼을 때 맛있는 감성시가 됩니다. 이 시를 읽고 '아 그래! 그럴 수 있어'라고 이해가 되면 좋겠죠. 시 본문에는 표현하지 않았지만, 마지막에 제목으로 돌아가 연계해서 읽는다면 감동으로 마무리될 수 있습니다.

## 내가 가장 행복할 때 _ 윤보영

커피처럼
나에게도
언제나 향기가 날 때.

지금 행복하세요? 저는 행복합니다. 행복한 마음으로 시를 쓰니까 행복한 시가 나옵니다. 제 시가 독자들을 행복하게 만들어 저를 '행복 시인'으로 기억하는 것 같아요.

저는 '아프거나' '힘들거나' '헤어지거나' '실패했거나' 이런 내용의 시는 목적시가 아니면 피하고 있습니다. '행복하고' '보고 싶고' '그립고' '사랑하고', 꽃이나 자연의 '아름답고' '예쁘고' 자기 스스로 정화될 수 있는 내용으로 시를 씁니다. 시를 읽은 사람이 주인공이 되도록 전개하기 때문에 독자도 시를 읽으면서 행복을 느끼게 됩니다.

사랑하면 _ 윤보영

눈이 예쁘다
눈이 예쁘다
볼 때마다 그런 생각이 들었는데
이제 보니, 코도 예쁘고
웃는 모습도 예쁩니다
다 예쁩니다.

왜 다 예쁘게 보일까요? 단점도 예쁘게 보이는 것은 사랑하고 있기 때문입니다. 혹시, 사랑해 보셨나요? 사랑하면 예뻐 보인다고 하잖아요. 맞나요? 사랑하면 덜 예쁘다고 생각되는 자신도 예뻐진다고 하죠. 이런 내용을 시로 쓰면서 제목을 그 이유로 가져가면 감동시가 됩니다.

궁금 _ 윤보영

저기 저
너 닮은 하늘에 뛰어들면
어떻게 될까?
그래도
네 생각만 나겠지.

"너 닮은 하늘에 뛰어들면 네 생각만 나겠지." 그게 지금 '궁금하다' 는 겁니다. 가 보진 않았지만 가면 '그럴 것'이라는 '추측'입니다. 그 추 측이 제목이 되었습니다.


### 행복한 질문 _ 윤보영

분명 걸어가는 뒷모습을
보고 있는데
나를 향해 걸어오는 그대!

몸은 여기 남겨 둔 채
내 마음이
그대 앞에 서 있는 거 맞지요?


나는 분명 가고 있는 모습을 보았는데 나에게 다가오고 있는 모습을 적은 시입니다. "몸은 여기 남겨 둔 채 내 마음이 그대 앞에 서 있는 거 맞지요?" 행복한 질문을 한 거예요. 사랑하는 사람이 가고 있는 장면 인데 그 사랑은 내 가슴에 남겨 두었다는 의미로 전개했습니다.


### 부탁 _ 윤보영

비가 오네요
오실 거죠?

내 안에서
우산도 없이
기다리고 있는데.

　여기에 오지 않을 분이 계신가요? 안 오면 비에 다 젖는데, 왜 우산
도 없이 기다릴까요? 사랑하니까! 그래서 당신을 기다리고 있으니 와
달라는 '부탁'입니다. 이 부탁 들어줘야 합니다. 이유는 '다 젖으니까.'
우산도 없이 내 안에서 기다리고 있다는데 오지 않을 수가 없지요.

　　나에게 당신은 _ 윤보영

　　굿
　　굿
　　굿!

　　굿을
　　열 개 붙이고
　　모자라
　　하나 더 붙였습니다

　　그래도
　　모자라는 것 같아
　　아쉽습니다.

일반적으로 좋다는 표현을 할 때 '굿!'이라고 합니다. 마지막에 아쉽다는 것은 제목을 말하는 겁니다. 나는 당신이 너무 좋아, 좋아, 좋아, 좋다는 의미로 99.9%를 표현했지만 그래도 0.1%가 모자라서 아쉽다는 것을 표현한 거죠. 최고로 좋아하는 사람 마음을 이렇게 얘기했고, '나에게 당신은' 그런 존재라는 겁니다.

### 소방관이란 이름으로 _ 윤보영

아빠!
나는 아빠가
자랑스러워요.

소방관 가족이나 자녀에게서 "아빠, 나는 아빠가 세상에서 가장 존경스러워요"라는 말을 들었을 때 얼마나 보람을 느낄까요? 자부심도 생기구요. 짧아도 소방관들에게 사랑받는 시가 될 수 있습니다.

### 놀란 이유 _ 윤보영

그대 생각 하나로
많은 집을 짓다니

그렇게 생각 하나로
호수를 만들다니

끝이 아니라
이제 시작이라니.

놀란 이유입니다. 제목이 없다면 무슨 얘기인지 모를 수 있습니다. 마지막에 표현할 수도 있지만 표현하지 않고 제목으로 만들었습니다.

### ▶▷▶소제목 정하기
특화된 시를 적을 때 큰 제목 아래 소제목을 적을 수 있습니다. 제가 도자기 시를 지을 때 '분청사기'라는 큰 제목을 정하고 그 아래 무늬나 모양에 따라 정해진 이름을 소제목으로 적었습니다. 아니면, 제목을 정해 두고 내용을 소제목으로 달기도 합니다. 분청사기 찻사발(그녀 생각), 분청사기 찻사발(고향)처럼 제목 밑에 부제목을 달면 좋습니다. 시 제목 밑에 보충 설명을 해 주는 겁니다.

의미 있는 사랑
[백자 항라리]

사랑이란
마음속에 있는 항아리에
생물을 채워 넣는 것과 같습니다.
– 이하 생략

## 이도다완 1
[분청사기 찻사발]

이도다완은
조선 백성들의 슬픔.
– 이하 생략

## 다완
[분청사기 찻사발]

맨발의 아낙네가
슬픈 전설을 이고
시골길을 걸어간다.
– 이하 생략

## 연정
[백자병]

관훈동 골동품 진열장에
백자병 하나.
– 이하 생략

### ▶▷▶ 제목 수정하기

제목은 얼마든지 수정할 수 있지만, 많은 사람이 제목 수정에 인색합니다. 제목을 먼저 정하면 그 제목에 한정될 수 있어 시 범위가 좁아지고 힘 있는 시를 전개하는 데 걸림돌이 될 수 있어요. 좋은 느낌, 좋은 시상을 잡았다면, 감동 장면을 만났다면, 그 장면을 그대로 묘사하고 마지막에 생각을 넣어 주면 좋은 시가 됩니다. 시 내용, 즉 감동한 이유나 원인 등을 중심으로 제목을 찾아내면 됩니다. 그렇게 찾아낸 제목을 시로 쓰면서 처음 생각했던 부분과 다른 방향으로 전개되는 것을 알 수 있죠. 이럴 때 제목을 수정하면 됩니다.

제목은 한번 정했더라도 목적에 따라 수정할 수 있습니다. 예를 들어 분명히 도자기에 대한 시를 썼는데 그 도자기를 '어머니'로 바꿀 수도 있다는 뜻입니다.

### ▶▷▶ 제목 생략하기

시는 내용에 따라 제목을 생략할 수 있습니다. 이런 경우는 목적시일 때 사용되는데 작가를 드러내고 싶지 않을 때 활용합니다. 예를 들어 3·1절에 대한 시를 쓴다거나 코로나19 팬데믹 때처럼 어려운 상황에 놓인 사람들에게 응원의 글을 적을 때는 내용을 적고 제목과 작가 이름 대신 상징성을 넣으면 됩니다. 예를 들어 자신이 근무하는 사무실에 관해 글을 적는데 이 글을 직원 중 누가 썼다든지 누구 글이라든지 하면 오히려 효과가 떨어질 수 있습니다. 이런 것들이죠.

1. 나는 회사를 향해 고맙다고 웃고
   회사는 나를 향해 감사하다고 웃고

2. 이곳에서 최선을 다했냐고 묻지 않겠습니다
   대신 나에게 즐겁게 보냈냐고 묻겠습니다

3. 모르셨죠? 지금 웃는 그 표정이
   우리 회사에 얼마나 큰 힘이 되는지

다음은 응원과 격려의 글입니다.

1. 대한민국 가슴에 봄이라고 적었습니다
   힘든 기억과 어려운 일상이 지워지고
   지워진 자리마다 꽃이 피게
   꽃을 보며 환하게 웃을 수 있게
   봄이라고 적었습니다.

2. 모진 추위와 목마른 갈증을 이겨내고
   꽃을 피우는 봄처럼 어려움을 이겨내고
   모두가 환하게 웃을 대한민국 봄을 응원합니다.

이와 같이 내용을 시 제목으로 느낄 수 있게 적을 수 있습니다. 물론 시는 시인이 쓰기 때문에 제목에 얽매일 필요는 없죠. 시 내용에서 제목을 정하면 제목을 보고 시의 전개를 예측하게 됩니다. 때론 시집

제목도 시 제목에서 찾거나 시 내용에 들어가 있는 글귀로 정하기도 합니다. 시를 메모하고 대표적인 단어를 찾아 제목으로 정한 후 읽고 수정하면 됩니다.

### ▶▷▶ 제10공식 정리하기

시를 쓰면서 메모하게 된 동기를 시상이라 가정했을 때, 시상을 꾸며 주는 내용으로 시를 쓰면 글맛이 줄어들 수 있습니다. 본문이나 제목 수정은 얼마든지 가능할 뿐만 아니라 자기 글을 만드는 것이 중요하지요. 그리고 제목에는 문장부호를 사용하지 않습니다. 꼭 필요할 때는 물음표(?) 정도는 가능해요. 느낌표도 안 되고, 물음표도 되도록 안 쓰는 것이 좋습니다.

제목도 시가 될 수 있고, 제목은 수정할 수 있습니다. 제목을 먼저 정하고 시를 쓰다가 다시 시 내용을 중심으로 제목을 수정할 수 있죠. 먼저 제목을 제시하고 거기에 맞춰 시를 쓰면 제목에 국한되면서 글맛이 떨어질 수 있습니다. 우연히 스쳐가는 시상을 잡아 메모하고 마지막에 생각 한 줄 넣어서 그 내용을 대표할 수 있는 말로 제목을 정합니다.

SNS에서 시를 읽을 때 제목을 보고 클릭할 수 있어야 합니다. 시 내용도 중요하지만 제목도 그만큼 중요하다는 뜻입니다. 우리가 적은 시도 제목만 읽고 내용을 판단할 수 있으면 더 좋습니다.

## 감성시 쓰기 Tip

### ★ 행복한 시의 필요성

시는 어려운 시도 있고 쉬운 시도 있습니다. 시인들은 등단을 하기 위한 시도 쓰고 동인지 발간을 위한 시를 쓰기도 합니다. 이 경우 조금 어렵다고 느낄 수도 있죠. 하지만 우리는 지금 감성시를 배우고 있습니다. 감성시는 시에 감동을 담아 그 감동의 여운이 일상을 행복하게 만드는 데 도움이 되도록 하는 데 목적이 있습니다. 특히 짧은 시는 쉬우면서도 글 속에 감동을 주는 '한 줄 시어(詩語)'를 담는 노력과 배려가 필요합니다. 그리고 대중적인 시를 쓰려면 독자가 읽고 행복해하는 시, 그런 시를 써야 독자들이 기억해 줍니다.

짧은 감성시를 좋아하는 독자들도 처음에는 우연히 만난 한 편의 짧은 시로 윤보영 시인을 기억하는 데 한계가 있었을 겁니다. 그러다가 다시 같은 유형의 짧은 감성시를 만나고 제 이름을 보면서 "아! 윤보영 시인은 이런 스타일의 시를 쓰는구나" 하고 확신하게 됩니다. 그러면서 제 시를 검색합니다. 한 편 한 편 감동과 행복을 주니 당연히 기억할 수밖에 없겠지요.

모임에 갔더니 "우리 밴드에 윤보영 시인의 행복한 시를 매일 올리는 분이 있어요"라고 하더군요. 짧은 시에 담겨 있는 감동에 행복을 느끼면서 자연스럽게 애독자가 되는 겁니다. 행복한 글을 기다리는 독자를 위해 행복, 웃음, 즐거움, 만남, 사랑, 들꽃, 장미처럼 가슴 뛰는 시를 쓰고 있습니다.

시를 쓰는 것은 바쁜 일상을 사는 사람들에게 여유를 갖게 해 주고 웃을 수 있게 만들어 주는 것이 목적입니다. 시를 쓰는 나부터 행복하고 독자들까지 모두 행복하도록 이끌어 주는 감성시를 쓰는 시인이 많아지기를 기대합니다.

## ★ 읽히는 시집과 보관되는 시집

시를 쓰고 시집을 펴내면 동료 시인이나 지인들에게 책을 보내게 됩니다. 그 시집이 과연 모두 읽힐까요? 당연히 읽힐 수 있습니다만, 끝까지 읽을까 하는 의문은 남습니다. 끝까지 읽을 수 있게 하려면 시 내용이 가벼워야 합니다. 커피 마시고 쉬면서 편하게 읽을 수 있어야 합니다.

그런데 많은 분이 시집을 끝까지 읽지 않아요. 너무 어렵거나 대중화되지 않은 소재는 잘 읽지 않습니다. 책꽂이에 꽂혀 먼지만 쌓이는 경우가 있고, 가끔 부끄러워서 선물도 하지 못하고 시집을 보관하고 있다는 얘기를 듣기도 합니다.

모두 그렇지는 않은데 실제로 겪은 사례를 들어 보겠습니다. 시집을 500부 발간했습니다. 이 중 200부는 작가가 보관하고 나머지 300부는 지인과 시를 좋아하는 분들에게 선물했습니다. 그 300부 중에 30%가 읽었다면 90명이 읽었습니다. 하지만 제 경우 아침에 쓴 시를 SNS에 올리면 '좋아요'가 500명 정도 됩니다. 이럴 때 시집 발간과 SNS 활용 중 어느 쪽을 택하는 것이 좋을까요?

여기서는 나를 알리는 측면에서만 말씀드리는 겁니다. 다만, 시집을 발간하면 그 과정에서 자신의 시를 돌아보는 등 많은 공부를 할 수 있고, 시에 대한 저작권 인정, 시를 분실할 우려 없이 다 보관할 수 있는 장점이 있죠. 더불어 시집을 건네고 인사하면서 만족감도 느낄 수 있습니다.

지금까지 단순하게 시를 읽는 사람에 대한 관점에서 말씀드렸습니다. 시집을 발간하면 열성 독자가 생기게 되고 활용하기에 따라 나를 알리는 좋은 수단이 될 수 있습니다. 다들 첫 시집 발간을 망설이지만, 지나고 보니 시집은 망설임을 접고 빨리 발간하는 것이 좋습니다.

## ★ 시인 되기

누구나 시인이 될 수 있습니다만, 사회에서 약속한 범위 내에 포함되느냐 하는 문제가 있지요. 시인이 되려면 공식적인 등단 절차가 있습니다. 신춘문예나 문예지의 신인상 수상, 문예지의 추천을 받으면 시인으로 인정받습니다. 등단 없이 시집만 발간할 수도 있지만, 이런 경우 단체 등에서 인정해 주지 않습니다.

시인이 되면 명함에 등단 내용을 담아 시인이라는 사실을 알리기도 합니다. 하지만 요즘은 SNS에 많은 글을 발표하고 있으므로 결국 누가 더 좋은 글을 많이 쓰느냐에 승패가 달렸지요. 언젠가 등단하지 않은 분이 다음카페에 글을 올렸는데 출처를 다음카페로 하고 교과서에 실은 사례를 본 적 있습니다. 또 일부는 등단 없이 발간한 시집이 베스트셀러가 된 경우도 있습니다. 결국 중요한 것은 "내가 시인이다!"라고 말하는 것보다 독자들이 시인으로 인정해 주는 그런 시인이 되는 것이 더 의미 있다고 할 수 있습니다.

## ★ 시와 저작권

시를 쓰는 작가는 늘 저작권에 관심을 가져야 합니다. 저작권이란 작가가 자신이 창작한 저작물에 대해서 갖는 권리로 창작물을 만든 사람의 노력과 권리를 보호하기 위해 제정되었습니다. 시에서도 먼저 시를 쓰고 발표한 작가에게 창작물 우선권이 부여되는 점을 고려하여 시를 시집이나 SNS 등에 발표할 필요가 있습니다. 이를 위해 카페 게시판, 블로그 게시판, 밴드, 인스타그램 등을 개설하고 거기에 창작물을 올리면 됩니다.

저작권은 저작권협회(한국문학저작권협회 등) 등록을 통해 창작물을 보호받을 수 있는 등 장점이 있습니다.

## ★ 저작권 침해 피해가기(감성시 중심으로)

 짧은 감성시의 경우 상상이 아니라 지금 눈앞에 보고 있는 상황을 글로 적기 때문에 다른 사람이 지금 상황을 작가처럼 경험하기 어려우므로 저작권 문제가 발생할 우려가 적습니다. 같은 장면을 같은 생각으로 보는 것이 아니므로 같은 내용이 나오기 어렵지만, 상상으로 적다 보면 누군가도 나와 같은 상상을 할 수도 있습니다.

 2018년 가을 철원에서 연락이 왔습니다. 자신이 아내와 논둑길을 걸어가며 적은 글이 다음 카페에 발표되었다면서 내릴 것을 요구했습니다. 깜짝 놀라 확인해 보니 문제가 된 '그대는 누구십니까?' 글은 그보다 오래전에 발간한 시집에 실린 글이어서 시집을 보내 드리고 해결한 적이 있습니다.

# 윤보영 시인의 감성시 쓰기 연습

「윤보영 시인의 감성시 쓰기 연습」은 시간적 · 공간적 · 경제적 여건 등으로 시를 배우고 싶어도 배울 수 없는 분들을 위해 만들었습니다. 이 책을 통해 감성시를 이해하고 직접 쓸 수 있었으면 좋겠습니다. 저는 2013년부터 감성시 쓰기 기초반과 중급반 교육과정을 개설하여 감성시 쓰기 첨삭지도를 해 왔으며, 그 과정에서 얻은 노하우를 독자가 따라 할 수 있도록 구성하였습니다. 지금까지 감성시집 발간을 지원해 온 경험을 살려 최대한 쉽게 감성시를 쓸 수 있도록 구성하였으니 잘 익혀서 좋은 결과 얻기를 기대합니다.

# 제1공식으로 감성시 쓰기 연습

제1공식은 '사물이나 사실에 생각(추상)을 더해 감동을 주는' 것으로 사물을 있는 그대로 묘사하되 단어를 상상으로 바꿔 마무리하는 방법입니다. 예를 들어 '집 앞에 텃밭을 일구었다', '뒤뜰에 텃밭을 일구었다'에서 집 앞이나 뒤뜰을 마음 한자리로 수정하면 됩니다. 먼저 사물을 묘사하고 단어를 추상으로 바꾸면 독자들이 공감하게 되죠. 그렇다고 처음부터 전체를 상상으로 바꾸라는 의미가 아니라 '텃밭이 예쁜 옷을 입었다'라고 했을 때 독자들은 공감하지 않을 수 있습니다.

텃밭 _ 윤보영

마음 한자리에
텃밭을 일구었지요
사람들이야
고추며 상추를 심겠지만
나는 그대를 심겠습니다.

■□■ 아래 글을 읽고 제1공식을 응용해 메모해 보세요.

① 오늘 한 행동 하나를 선택합니다. 밥을 먹는 것도 좋고 새로운 반찬을 만든 것도 좋고, 커피를 마시거나 새로운 옷을 입은 것도 좋습니다. 행동 하나를 선택해 보세요.

→ 모닝커피를 마시고 있다

② 그 행동을 어디에서 했나요? 친구와 만나서 한 것도 좋고, 혼자 카페에서 마셔도 좋습니다. 사무실에서 마신 것도 좋습니다. 다만, 선택한 행동 앞에 장소를 넣어 주세요.

→ 사무실에 출근해서/ 모닝커피를 마시고 있다

③ 행동한 것과 그대(좋아하는 사람, 가족, 친구 등등)를 연계시켜 주세요.

→ 사무실에 출근해서

　모닝커피를 마시고 있다

　찻잔 속에 어리는 그대 모습

④ 결론, 마지막에 '그래서 어떻게 되었다', '어떻다', '어떻게 될 것 같다'를 넣어 주세요. 이 부분은 상상이라고 보면 됩니다.

→ 사무실에 출근해서 모닝커피를 마시고 있다

　찻잔 속에 어리는 그대 모습

→ 오늘 하루도 어제처럼

　신바람 나는 시간이 될 것 같다

⑤ 완성하기

### 모닝커피 _ 윤보영

사무실에 출근해서
모닝커피를 마시고 있다
찻잔 속에 어리는 그대 얼굴
오늘 하루도 어제처럼
신바람 나는 시간이 될 것 같다.

■□■ 메모 작성(예시)

| 구분 | 세부 내용 | | |
|---|---|---|---|
| **메모 만들기** | 행동 정하기(기억에 남는 행동 정하기) | → | 꽃을 보았어요. |
| | 어디서 했는지 | → | 화단, 길옆, 마당 모퉁이 |
| | 나와 연결 | → | 마을 사람들 표정 |
| | 그래서(결론) | → | 향기 좋게 피었다 |
| | 완성하기 | → | 다음 '수국' 시 참조 |

### 수국 _ ○○○

수국이 피었다
화단과 길옆
마당 모퉁이에 피었다

마을 사람들 표정처럼
웃는 얼굴로 피었다.


■□■ 아래 제시어로 감성시 메모 2개(꽃, 나무)를 적어 보세요.

제시어 : 꽃과 나무

　- 어떤 꽃(나무)을 보았나요?

　- 어디서 보았나요?

　- 언제 이 꽃(나무)을 본 적 있나요?

　- 꽃을 보니 어떤 생각이 들었나요?

　- 이 꽃(나무)이 나라면 나에게 무슨 말을 해 주고 싶은가요?


■□■ 위 순서에 따라 시상을 메모하고 시를 완성해 보세요.

# 제2공식으로 감성시 쓰기 연습

제2공식은 '다리공식'입니다. 다리는 건너가기 위해 만든 것이지만 실제 건너가는 것으로 설명하면 일상을 기록하는 것이 됩니다. 이 기록이 시가 되려면 다리를 건너가지 말아야 해요. 그렇다고 다리를 건너가지 않으면 감동이 없습니다. 그래서 시를 읽고 분명 다리를 건너가지 않았는데 다리를 건너간 느낌이 들도록 마무리해야 합니다.

■□■ 메모 작성 사례 및 설명

커피 마실 때 _ 윤보영

커피를 마시면서
아무 생각도 안 했습니다
내 안을 먼저 비워 놓고
그대 생각 더 많이 담을 수 있게.

**설명** 커피를 마시면서 '향이 좋다'거나 '그대가 생각났다'거나 하는 이야기를 해야 하지만 아무 생각도 안 했다고 했습니다. "커피 맛 어떠세요?" 하고 물었을 때 "아무 생각도 안 했다"고 대답하면 당연히 질문한 사람, 즉 답을 듣는 사람은 기분이 별로겠죠. 그런데 그 이유를 듣고 나면 기분이 좋아지게 됩니다. 그 답을 할 수밖에 없는 이유를 들으면 아하! 하고 감동하게 될 테니까요. 어쩌면 반전일 수도 있지만 여기서는 '다리공식'이라고 설명했습니다.

조심 _ 윤보영

'쿵 부딪히면 아파요'
그래서 부딪쳤다
그대 가슴에.

**설명** 종각역에 있는 '민들레영토' 카페에서 차를 마실 때 공간이 부족해서 다락방으로 올라갔습니다. 다락방은 천장이 낮아 머리를 부딪칠 수 있어서 주인이 조심하라는 말을 '쿵 부딪히면 아파요'라고 적었습니다. 그럼 이곳에서는 천장이 낮다는 걸 알고 조심해야 합니다. 누군가 앞에서 "조심! 조심!" 하고 말할 때도 있으니까요.
하지만 그렇게 조심하면 주인의 의도대로 부딪히는 일이 없을 겁니다. 당연히 안내문의 역할을 다하게 되겠지만 글맛은 떨어지죠. 그래서 조심하라는 문구를 보고 오히려 피하지 않고 부딪쳤다고 썼어요. 갑자기 부딪쳤지만, 그 부딪친 곳이 그대 마음이니 오히려 잘 부딪쳤다고 여길 수 있지 않을까요? 글이 가볍다고 느낄 수도 있지만 바쁜 일상 속에서 잠시 웃음이 나오게 만드는 것이 감성시의 역할이니까요.

## ■□■ 순차적으로 시상 잡기(메모하기)

① 아래 문장 중 하나를 선택해 보세요.

'들어가지 마세요!' '잔디를 밟지 마세요!' '물에 들어가지 마세요!' '주차하지 마세요!' 등 금지하는 말을 자주 만날 수 있습니다. 이 중 '들어가지 마세요!'를 가지고 시를 지어 보겠습니다.

→ '들어가지 마세요!'

② (이 말을 어디서 보았나요?) 공원에 갔다가, 거리를 걷다가, 꽃밭에 갔다가, 공사장 앞을 지나면서도 볼 수 있고, 어디서든 볼 수 있죠. 그런데 저는 이 말이 있는데도 들어갔습니다.

→ 꽃밭에 들어서는데 '들어가지 마세요'라는 안내문이 있네요

③ (그래서 어떤 행동을 취했는지) 그 행동을 적어 보세요. 당연히 금지 안내문을 어기는 행동을 해야 합니다. 꽃 위를 걸었다든지, 꽃을 꺾었다든지 반대되는 행동을 적습니다. 당연히 그 이유를 듣게 되면 그 행동을 잘했다고 칭찬해 주게 될 테니까요.

→ 꽃밭에 들어서는데

→ '들어가지 마세요'라는 안내문이 있네요

→ 그런데 어쩌죠? 나갈 수 없는걸

④ (이유 넣기) 왜 안내문대로, 부탁하는 대로 안 했는지, 못한 이유가 무엇인지 적어 주세요. 그대가 원할 것 같아서, 돌아가는 길이 없다든

지, 누가 먼저 들어와서 길이 있었다든지, 이게 길이 아니냐든지, 그 행동을 하지 못하는 이유를 찾아보세요. 저는 그 꽃밭의 꽃이 그대 생각이라 말했습니다. 당연히 꽃밭은 제 가슴이고 금지하는 말은 나만 들어가고 싶어서 제가 적었다는 식으로 가겠습니다.

→ 꽃밭에 들어갔는데
→ '들어가지 마세요'라는 안내문이 있네요
→ 그런데 어쩌죠?
→ 다시 보니 '꽃은 그대 생각'이고 '꽃밭은 제 가슴인데'

위 글을 가지고 완성하면 초안이 됩니다. 여기까지는 시상 잡은 대로 메모하는 것이지만 이 메모를 시가 되도록 단어를 바꾸고, 행의 위치를 바꾸거나 수정하면서 만들면 됩니다. 저는 이렇게 완성해 보았습니다.

⑤ 완성하기

안내문 _ 윤보영

내 안에 들어서는데
'이곳에 들어가지 마세요!'
안내문이 붙어 있다
다행이다
그대 생각 가득 담긴 내 안에

나만 들어가고 싶어서

언젠가 붙였는데

아직 그대로다.


■□■ 메모 작성(예시)

| 구분 | 세부 내용 | |
|------|------|------|
| 메모<br>만들기 | 행동 정하기<br>(금지하는 말 하나 찾기) | ※ 꼭 금지하는 말이 아니어도 됩니다. 반대로 가면 되니까요. '이곳을 지나가세요. 일방통행입니다.' 이런 내용을 찾으면 됩니다. |
| | 어디서 보았는지 | |
| | 어떤 행동을 취했는지 | ※ 당연히 반대되는 행동이 필요합니다. |
| | 이유가 무엇인지(결론) | |
| | 완성하기 | |


■□■ 위 순서에 따라 시상을 메모하고 시를 완성해 보세요.

# 제3공식으로 감성시 쓰기 연습

제3공식은 '독자의 몫으로 돌리기'입니다. 작가는 자기 생각대로 시를 쓰지만, 독자들은 작가 의도대로 생각하지 않을 수 있습니다. 작가의 철학, 생각하는 방향대로 쓴 시를 읽게 하는 목적이 독자와 서로 다를 수 있기 때문입니다. 독자가 스스로 생각하고 답하는 역할을 시에 담는 것은 감동을 높이는 데 도움이 됩니다. 다년간 시를 쓰고 발표하고 또 많은 독자를 만나본 제 경험을 말씀드리는 겁니다.

독자의 몫이란 독자가 시를 읽다가 작가 질문에 스스로 답을 하게 하는 겁니다. 독자는 시간을 투자하죠. 그 투자한 시간에 작가는 감동으로 보답해야 하지만, 그 감동에 독자의 역할도 포함될 수 있습니다.

그림 그릴 때 그림에 여백이 있어야 한다는 말처럼, 시에도 여백과 미완성이 필요하다고 봅니다. 독자가 모를 거라고 생각해서 자세히 설명하면 독자는 작가 의도와는 달리 지루하게 느낄 수 있습니다. 요즘 독자들은 많은 정보를 접하고 많이 알고 있거든요.

시를 쓰면서 마지막을 질문으로 던졌을 때 독자들의 답은 매우 다양합니다. 나와 같은 답도 있지만 가끔 그렇지 않을 때도 있습니다.

시골에서 _ 윤보영

당신 생각 방해한
파리를 꾸짖었더니
두 손 모아 비는군요
어떻게 할까요?

**설명** 이 글을 읽고 많은 사람이 웃었습니다. 귀찮게 하는 파리를 "어떻게 할까요?" 하고 답을 물었더니 "귀여우니까 봐달라"고 합니다. 이렇게 독자의 몫을 부여하면 그들은 미소로 답할 기회를 얻게 됩니다. 바쁜 일상 속에서 미소 지을 기회를 주는 것이 감성시의 역할이죠. 귀찮아하고 피하고 싶은 소재도 독자에게 질문했을 때 시가 될 수 있습니다.

사랑 커피 _ 윤보영

커피를 마실 때마다
기분이 좋은 이유
궁금하면 나처럼 커피에
좋아하는 사람
생각 좀 넣어 볼래?

**설명** 좋은 사람을 생각하며 커피를 마시면 기분이 좋습니다. 향이 특별하거나 분위기 좋은 카페에 가면 좋아하는 사람과 다시 오고 싶은 생각이 들고 그 생각에 저절로 미소를 짓게 됩니다. 그 미소가 바로 "생각 좀 넣어 볼래?" 하고 독자에게 역할을 부여한 거죠. 더구나 '나는 지금 네 생각하며 마시고 있어 기분 좋다'는 힌트까지 주었습니다. 당연히 좋아하는 사람에게는 '네 생각 넣어 마셨어'라는 점수를 얻을 수도 있지요.


택배처럼 _ 윤보영


그대 마음 앞에

택배처럼

내 마음 두고 온 지

언제인데

아직 받았다는 연락이 없을까?


**설명** 요즘 택배 많이 이용하고 있지요? 받는 사람의 개인정보 보호와 안전을 위해 대문 앞에 두고 가는 경우가 있습니다. 두고 간 택배를 보고 적은 글입니다. 택배를 보낸 사람이 개인 물건을 보낸 것이라면 잘 도착했는지 궁금할 수 있죠. 다만 여기서 두고 온 것이 물건이 아니라 마음이라고 해 '아!' 하고 공감하는 시가 됐습니다. 당연히 준 곳은 너의 집 대문 앞을 너의 마음 앞으로 수정했습니다.

커피 마실 거죠?

마시면서 날 생각한다는 약속!

오늘 꼭 지킬 거죠?


**설명** 이 시를 읽고 어떤 생각을 할까요? '내가 무슨 약속을 했다고 그래?' 하고 반문할 수도 있지만 반문하는 것 자체가 질문한 목적을 달성하는 효과 아닐까요? 또 더러는 '당연하지' 하고 답변할 수도 있고요. 그냥 글을 읽고 지나치는 것보다 읽은 글에 대해 한 번 더 생각하게 하는 것! 이 역시 독자에게 몫(역할)을 할 수 있게 하는 방법입니다.


### 욕심 많은 사랑 _ 윤보영


비가 오나 눈이 오나

아니, 날씨 좋은 날까지도

나를 생각해 달라고 하면

미움받을까?


**설명** 미움받을 수도 있고 사랑받을 수도 있지만, 작가에게는 그게 중요한 것이 아닙니다. 독자는 다시 한 번 글의 의미를 생각해 본다는 데 매력이 있죠. 글을 쓰는 방법론에서도 "항상 생각해 줘"라고 쓰면 글맛이 없어요. 그래서 '항상'을 세부적으로 분석해 보면 맑은 날, 비가 오거나 눈이 오는 날로 구성되어 있죠. 하지만 좋아하는 사람은 비가 오거나 눈이 오면 더 많이 생각날 수 있으니 이 두 날을 선택한 다음 질문을 들은 사람이 깜짝 놀랄 수 있게 항상 생각해 달라는 표현을 찾아 "날씨 좋은 날까지"로 확대했어요.

■□■ 메모 작성(예시)

| 구분 | 메모 작성 내용 | | |
|---|---|---|---|
| 메모<br>만들기 | 평상시 하고 싶은 말 | → | 내 발을 아프게 했던 돌부리 다시 보니 반갑군요. |
| | 질문 | → | 첫사랑과 연계해 보세요. |
| | 완성하기 | → | 내 발을 아프게 했던 돌부리<br>다시 보니 반갑군요<br>첫사랑 그 사람도<br>지금 만나면 반가울까? |

■□■ 위 순서에 따라 시상을 메모하고 시를 완성해 보세요.

# 제4공식으로 감성시 쓰기 연습

제4공식 '알려진 이야기에 감정 넣기'는 이미 알고 있는 사실이나 지식, 정보, 이야기들을 시상으로 잡아 시를 쓰는 겁니다. 시가 싱겁다는 건 독자들이 시 내용을 알고 있을 때입니다.

시를 싱겁게 하는 요인은 속담, 격언, 대중화된 이야기, 사회적으로 비중 있는 사람들이 한 말 등으로 시를 통하지 않고도 알 수 있는 내용입니다. 하지만 알려진 이야기도 맛을 가하면 톡 쏘는 느낌, 담백한 시로 만들 수 있고 예상치 못한 반전이 있을 때 감동으로 이어집니다.

이 역시 욕심을 부리면 안 됩니다. 우리 주위에서 우연히 본 '알려진 사실, 얘깃거리'를 넣었을 때 '콩깍지'처럼 명시가 탄생합니다. 여기서 주의할 점은 독자들이 잘 알고 있는 사실일수록 이해도가 높습니다. 속담이 좋은 소재가 되는 이유입니다. 실제 사례를 보겠습니다.

냉장고 _ 윤보영

① 냉장고 속에/ 음식을 넣어 두면/ 싱싱합니다

하지만 냉장고는/ 그리움과 달리/ 고장나면 음식이 상합니다.
② 유통기한도 없는/ 그대 생각을/ 내 안에 담아두고/
　냉장고에 담아 둔 것처럼/ 안달하고 있습니다.
③ 냉장고에 담아 두면/ 보관 기간이 필요해서
　그대 생각을/ 내 그리움에 담았습니다
　꺼낼 때마다/ 늘 새롭고/ 미소까지 얻고 싶어서.


**설명** 냉장고는 음식을 신선하게 보관할 수 있는 기능이 있다는 사실은 이미 알고 있습니다. 먼저 우리가 알고 있는 생활 속의 냉장고에 대한 사실을 기록하고 다음에 생각을 그대와 연관 지어 넣었습니다.


또 다른 사례를 살펴보겠습니다.


　　기다림 _ 윤보영


　　가는 날이 장날이라는데
　　늘 내 안으로 그대 만나러 가는 길
　　가도 가도 그대 생각뿐
　　왜 장날처럼 한 번 만날 수는 없는지.

가뭄 _ 윤보영

가물에 콩 나듯도 좋으니
내 그리움 속 그대를
만날 수만 있다면
저수지에 물이 다 말라도
웃으며 기다릴 텐데.

■□■ 아래 시의 글귀보다 더 강하게 표현해 보세요.

– 콩깍지가 씌면/ 보이는 게 없다고 했지요
(예시) 그대 생각 가득한 나는/ 콩깍지가 아니라/ 콩밭입니다

■□■ 제4공식으로 메모하고 시를 완성해 보세요.

# 제5공식으로 감성시 쓰기 연습

제5공식은 '일상을 일상으로 메모하기'입니다. 우리 주변에 시를 쓰고 싶어 하는 사람은 많은데, 막상 쓰려고 하면 어렵지요. 그래서 쉽게 포기하기도 합니다. 시 쓰기가 어렵다는 건 그만큼 시에 힘이 들어가기 때문입니다. 시를 쓰는 것만으로도 생각에 힘이 들어가는데 좋은 시를 써야겠다고 생각하니 몸까지 굳어 버리는 부담을 갖게 됩니다.

감성시는 우선 쓰는 사람의 마음이 정화되고 그 마음에서 시가 우러나와야 합니다. 그리고 주위 사람들, 나아가 내 시를 읽는 사람들 마음을 위로하고 웃게 만들어 주는 것이 목적입니다. 이 점을 고려하여 욕심 내지 말고 주위에 있는 물건부터 메모해 보세요.

자, 그럼 주위를 둘러볼까요? 무엇이 보이나요? 창문이 있고, 핸드폰이 있고, 컴퓨터가 있고, 물컵이 있고, 전등이 있고, 전선이 있고… 지금 여러분이 보고 있는 사물, 즉 개별 물건에 대해 보고 느낀 점을 메모해 보겠습니다.

메모는 무조건 풍경화를 그리듯 해야 할까요? 아닙니다. 풍경화는 자연, 즉 숲이나 계곡, 들판, 산 같은 것을 화폭에 담지요. 메모는 정물화를 그리듯 해야 할까요? 이 역시 아닙니다. 정물화는 그리고 싶은 대상을 놓고 그리는 겁니다. 제 집필실을 예로 들면 키보드 옆에 볼펜과 카드가 놓여 있어요. 이것을 책상과 함께 자세하게 그리면 될까요? 이 또한 아닙니다. 감성시를 쓰기 위한 메모는 초상화를 그리듯 해야 합니다. 초상화는 얼굴 하나를 그리게 됩니다.

예를 들어 창문을 그리는데 창문 외에 더 그릴 것이 없습니다. 그러니 창문의 위치, 창문의 상태, 모양 등을 글에 포함하면 됩니다. 초상화도 그렇지요. 그런 초상화를 보면 무슨 느낌이 있을 수 있죠. 지난번보다 잘 그렸다든지 얼굴에 주름살이 줄었다든지…. 이처럼 개별 사물 하나, 즉 창문만 설명으로 적고 이 창문과 나의 위치 바꾸기, 바꾼 위치에서 나보다는 독자 입장으로 바꾸면 시를 위한 메모가 됩니다. 지금까지 배운 공식을 적용해서 시로 만들면 됩니다.


창문 _ 윤보영


거실은 벽에 창문을 내고
화단의 꽃을 보면서 웃고
그대 그리운 나는
내 마음에 창문을 내고
그대 모습을 보면서 웃고
웃으니까 좋다
둘 다 웃으니까 더 좋다.

**설명** 여기서는 비교기법을 사용했습니다. 최근에는 사물에 생각을 더하면 감동이 된다(사물+생각=감동)는 제1공식을 응용한 비교기법을 많이 이용하고 있습니다.


### 커튼 _ 윤보영


커튼을 걷은 창문 밖 화단에 꽃이 보인다
커튼처럼 함께 없어 안타까운
그리움을 걷어 낸다
그대 웃는 얼굴이 보인다.


**설명** 커튼과 그리움을 중심으로 적었습니다.


### 핸드폰 _ 윤보영


핸드폰 화면이 꺼져 있다
전화를 걸거나 메모를
확인하기 위해서는
버튼을 눌러야 한다
그대 그리움도 그렇다

그리움도 담고만 있을 뿐
그대 모습을 꺼내지 않으면
꺼진 화면과 같다
그래서 수시로 그대 생각한다
수시로 그대 모습 확인한다.

**설명** 글 속에 모든 설명을 담았습니다. 화면이 꺼졌다고 전원이 방전된 것은 아닙니다. 보고 싶은 사람을 지금 생각하지 않는다고 그 생각이 지워지는 건 아닙니다. 그래서 이 둘을 비교해서 썼습니다.

### 카드 _ 윤보영

그대 생각을
결제하는 카드가 있다면?
금액은 무한대!
비밀번호는?
글쎄, 그대 기억으로 해야겠지?

**설명** 하루에도 몇 번 그대 생각을 꺼내고, 꺼낼 때마다 결제해야 한다면 용량 초과로 못 꺼낼 수 있으니 무한대로 하는 것이 맞습니다(사고 싶은 물건을 카드로 마음대로 사라고 한다면 이때 물건을 그대 생각으로 변경). 비밀번호도 나만 알 수 있게 그대 기억으로 한다는 의미를 담았습니다.

## ■□■ 일상을 소재로 시를 적는 과정(예시)

① 지금 앉아 있는 주변에 무엇이 있나요?

→ 전선

② 전선을 소재로 삼는다면 전선은 전기와 사물을 이어 주는 역할을
합니다. 즉 전기가 다니는 길이죠.

→ 전선/ 전기가 다니는 길이다/ 전선이잖아

③ 그럼, 이 전선 같은 역할을 하는 것이 또 무엇일까요? 다리(땅과
땅), 커피(일상과 휴식), 횡단보도(도로와 도로), 사랑(너와 나)

→ 전기가 다니는 길이/전선이잖아/사랑에도 선이 있다면?

④ 반대로 가거나 전혀 엉뚱한 방향으로 가거나 시치미를 떼거나 더
강하게 가기, 즉 결론 만들기입니다. 한 줄 기법을 적용해 보세요.

→ 전기가 다니는 길이/ 전선이잖아 /사랑에도 선이 있다면? 글쎄/
사람들 눈에 보여/ 질투 받을 수 있고/ 또 끊어 가면 어떻게 해

⑤ 그래서 대책이 무엇인가요? 아니면 독자들이 알아서 답하게 할 수
도 있습니다.

→ 전기가 다니는 길이/ 전선이잖아 /사랑에도 선이 있다면? 글쎄/
사람들 눈에 보여/ 질투 받을 수 있고/ 또 끊어 가면 어떻게 해/
그래서 무선으로 만든 게 아닐까?

## ⑥ 완성하기

### 전선 _ 윤보영

전기가 다니는 길이 전선이잖아
사랑에도 선이 있다면?
글쎄, 사람들 눈에 보여
질투 받을 수 있고
또 끊어 가면 어떻게 해?
그래서 무선으로 만든 게 아닐까?

■□■ 메모 작성(예시)

| 구분 | 작성 내용 |
|---|---|
| 주위에 보이는 사물 하나를 정해 보세요. | ※ A··· |
| A에 대한 지식으로 설명해 보세요. | ※ B··· |
| 지식 B에 근거한 A의 역할을 적어 보세요. | ※ C··· |
| C와 상반되는 점을 찾아 적어 보세요.<br>(통상적인 예측 벗어나기, 강하게, 약하게, 생략 등) | |
| 정리 | |
| 완성하기 | |

■□■ 위 순서에 따라 시상을 메모하고 시를 완성해 보세요.

# 제6공식으로 감성시 쓰기 연습

제6공식은 '극적인 반전 주기'입니다. 시는 반전의 맛으로 읽는다고 했죠. "그럴 리가 없는데 이상하다, 이게 뭐지? 아닌데, 어떻게 이럴 수 있을까?" 하는 의심이 들지만, 마지막 반전 한 줄을 읽고 "그러면 그렇지, 역시, 맞아, 괜히 기분 좋네" 하는 감동을 줄 때 그 글은 성공했다고 할 수 있습니다. 의문이 감동이 되는 과정에 심적 긴장감이 생기게 되는데, 그 긴장감이 일시에 풀리는 순간 참았던 꽃망울이 꽃을 피우듯 감동의 물결이 일렁입니다.

하지만 시를 쓰는 사람들은 감동을 주는 반전, 그 한 줄을 쓰기가 어렵다고 합니다. 당연히 어렵지요. 좋은 글을 쓰겠다고, 멋진 반전을 가져오겠다고 마음먹으면 글이나 생각에 힘이 들어가고 그 순간 한 줄은 딱딱해지거나 감정 없이 만난 일상의 한 부분이 될 테니까요.

그럼 반전 한 줄은 어떻게 찾을 수 있을까요? 자연스레 우러나와야 합니다. 그 우러난다는 것이 어렵지만, 이 우러남을 얻기 위해 묶인 실을 풀어내듯 방법이 필요합니다.

**첫째, 당연한 결과를 당연하지 않게 가야 합니다.**

그러려면 반대 결과를 찾을 필요가 있겠죠. 이 반대로 가는 것을 '다리공식'과 비슷하다고 하는 분도 있지만, 다리공식은 생각만 반대로 가고 반전의 결과는 몸과 마음이 순식간에 감동에 묻혀 버립니다.

**둘째, 감정 다스릴 거리를 찾으면 좋습니다.**

당연한 사항을 반대하고 그 이유를 설명할 때 반대로 설명하면 됩니다. 조금 어렵죠? 사례를 들어보습니다.

[반대(A) + 이유(B) + B에 대한 부정(C) = 감동]


장미꽃 _ 윤보영


장미꽃을 들고 있는 당신에게
예쁘다는 말을 못 하겠습니다
장미꽃을 보면
숨이 막히게 예쁜데
장미를 들고 있는 당신을 보면
장미는 보이지 않고
당신만 보이니까.


**설명** 이 시는 설명 없이도 이미 독자들이 시에 담긴 뜻을 알 겁니다. 어찌 당신을 장미꽃에 비교할 수 있겠습니까? 이런 뜻을 주인공뿐만 아니라 독자들도 다 알 수 있을 테니까요.

**셋째, 계산된 질문을 던질 필요가 있습니다.**

미리 반격할 답을 생각하고 주인공에게 엉뚱한 질문을 던집니다. 질문을 듣고 어이없어 답을 하지 못하는 순간, 준비된 기분 좋은 답을 먼저 해 주죠. 그러려면 이 과정이 순식간에 이어져야 합니다.

[질문(A) + B(대답 생략) + 이유 설명(C) = 감동]

한 가지 주의할 점은, 이 질문을 주인공이나 독자들에게 직접 말로 하는 것이 아니라 글로, 시에 담아서 해야 합니다. 그렇지 않고 실수하면 실없는 사람이 될 수 있겠죠!

거울 _ 윤보영

집에 있는 거울은
참 좋겠어요(왜요? 생략)
매일 아침
꽃을 볼 수 있어서.

**설명** 이 거울은 집집마다 다 있지요? 느닷없이 '거울은 좋겠다'고 했을 때 '뭐지? 무슨 말을 하려는 거지? 왜 거울 이야기를 했지? 의도가 있는 게 분명해' 하는 의심을 하게 됩니다. 하지만 그 순간 "매일 아침 꽃을 볼 수 있어서"라는 답을 했습니다. 이 답에는 매일 아침 들여다보는 거울이 되고 싶다는 마음이 슬쩍 담겨 있지요. 갑자기 "집에 있는 거울은 참 좋겠어요"라고 말한다면 얼마나 어이없겠어요? 하지만 그 순간 웃음을 터뜨립니다. 기분 좋은 웃음이고 감동이 됩니다.

**넷째, 답을 우선 감추기 하는 것도 반전에 도움이 됩니다.**

언젠가 SNS에서 '모기'에 대한 글을 읽었습니다. 여름이 지나고 이별의 슬픔을 적었는데 마지막에 여름을 떠나는 모기를 등장시켜 '사람들 글 참 잘 쓴다' 이런 생각이 들었습니다. 그리고 새해 아침에 지난 한 해를 사람에 비유해서 적은 글을 올렸는데 이 글 역시 그런 유형의 글이었습니다. 그 전개법을 짧은 감성시에 응용하면 됩니다.

튤립 _ 윤보영

비 그치니까
꽃이 참 예쁘다
그런데 당신
언제부터 와 있었어?

**설명** 모처럼 그대와 꽃구경을 나왔는데 꽃만 예쁘다고 하면 듣는 사람은 기분이 상할 수 있습니다. '꽃만 보이는 거야? 나도 있는데 왜 꽃 얘기만 하는 거야? 다음에 또 꽃구경 가자는 말만 해 봐!' 이런 생각을 할 수 있겠죠. 물론 '그렇네, 예쁘네' 하고 형식적인 답을 할 수 있지만 그렇다고 기분까지 괜찮다는 뜻은 아닙니다. 이때 갑자기 "당신 언제부터 여기 와 있었어?" 하고 묻는다면 '이 사람이 참, 역시 다른 뜻이 있었네, 괜히 화를 낼 뻔했잖아, 말은 끝까지 들어봐야 한다니까' 하고 감동하게 됩니다. 이 말을 듣고 꽃보다 예쁜 미소 짓지 않을 사람 있을까요? 이해되셨지요?

아래 사례를 참고하세요.

## 너 _ 윤보영

하늘이다
바람이다
꽃잎이다
아~
너다.

## 가을 _ 윤보영

가을이
집 앞까지 왔다고요?
그렇군요
저는,
가을 좋아하는 그대를
여름 끝에서 데리고 와
함께 놀고 있는데.

## 가을 _ 윤보영

가을을 탄다고요?
예, 그럼 타세요
제가 가을이니까.

## 집중 _ 윤보영

잠시
세상에
무관심해지고 싶다
지금부터
너에게
집중해야 하니까.

**■□■ 반전으로 시를 적는 과정을 살펴보겠습니다.**


① 감정을 거스를 소재를 찾아보세요.

→ 예쁜 당신(A)


② A(예쁜 당신)와 비교할 수 있는 B를 찾아보세요.

당신(A)보다 뛰어난 것(B)을 선택하고 B를 결론에서 자존심 상하게 하거나 동일시하면 됩니다. 저는 예쁘게 핀 튤립꽃을 불러왔습니다.

→ 튤립(B)


③ B를 선택했으면 A에게 기분 상하는 말을 찾아보세요.

예를 들어 "예쁘지 않다든지, 낯설게 느껴진다든지, 누구세요?"라는 강도 높은 말은 감정에 상처를 주게 되어 돌이킬 수 없게 됩니다. 돌아올 수 있을 만큼만, 책임질 수 있을 만큼만 시비를 걸면 됩니다. 저는 여기서 B, 튤립꽃을 예쁘다고 치켜세우기로 했어요.

→ 튤립/ 비 그치니까/ 튤립꽃이 예쁘다


④ 이제 A가 기분 좋은 말로 반전시켜 보세요.

그냥 꽃이 예쁘다고 했지만, 사실은 듣는 내가 예뻐야 하거든요. 물론 드러내어 그 말을 하지는 않습니다. 그 드러내지 못한 마음에 꽃이 활짝 피게 하면 됩니다.

→ 비 그치니까/ 튤립꽃이 예쁘다

→ 그런데 당신/ 언제부터 와서 기다린 거야?

⑤ 완성하기

튤립 _ 윤보영

비 그치니까
튤립꽃이 예쁘네
그런데 당신
언제부터 와서 기다린 거야?

■□■ 메모 작성(예시)

| 구분 | 주요 내용 | | 비고 |
|---|---|---|---|
| 메모<br>만들기 | 감정을 상하게 할 거리(A)를 찾아보세요 | ※ A⋯ | |
| | A를 무엇으로 비교할까요? | ※ B⋯ 강하게 | |
| | A에게 기분 거스르는 말을 찾아 주세요 | | |
| | 이제 A가 기분 좋은 말로 반전시켜 주세요 | | |
| | 완성하기 | 정리 | |

■□■ 위 순서에 따라 시상을 메모하고 시를 완성해 보세요.

# 제7공식으로 감성시 쓰기 연습

　제7공식 '그림 그리기'는 시를 읽을 때 그림이 보이는 듯한 느낌이 들게 시의 흐름을 전개하는 겁니다. 시를 아무 생각이나 느낌 없이 읽으면 무슨 내용인지 기억에 남는 것이 없어요. 하지만 시를 읽을 때 내가 얘기하는 것 같고 내가 경험한 장면을 보여 주는 것 같을 때 그 시는 오래 기억에 남습니다.

　시에서 그림 그리기는 자연스레 시에 녹아들어갈 수도 있지만, 인위적으로 그려 넣을 수도 있습니다. 감성시 쓰기에서 '그림 그리기'는 인위적이 아니라 일정한 틀을 이용해서 그림이 있는 시를 적습니다. 자연스러우려면 숙달이 되어야 하고 그렇다고 너무 인위적으로 만들어 넣으면 글맛이 줄어들어 주의가 필요합니다.

### ■□■ 그림 그려 넣기

　그럼 시 속에 그림을 어떻게 넣어야 할까요? 그 방법을 배워 봅시다.

## 그대 얼굴 _ 윤보영

안개꽃밭에
장미 한 송이가 피어 있다
신기해서 다시 보니
그 장미
그대 얼굴이다.

**설명** 꽃다발을 만들 때 안개꽃 가운데 장미꽃을 넣어 줍니다. 안개꽃은 장미를 돋보이게 하기 위한 수단이죠. 그럼 "안개꽃밭에 장미 한 송이 피어 있다"고 한 이 시에서도 그 모습이 그려집니다. 사진을 보듯 이 두 줄에서 느낄 수 있죠. 그런 다음 "그 장미 그대 얼굴이다"라고 했을 때 당연히 장미꽃이 보고 싶은 사람 얼굴로 보입니다.

## 생각의 차이 _ 윤보영

사람이 없다고
어떻게 내가 빈집이니?
누군가 들어와 살 수 있게
준비된 집이지.

**설명** 이 시를 읽을 때 빈집이 그려집니다. '준비된 집'이란 말에 수리된 빈집이 그려집니다.

## 나팔꽃 _ 윤보영

한 달도 못 되어 다다를
전봇대를 올라가며 좋아하는
나팔꽃 보면서
내 그리움은
하늘까지 갈 수 있다고
자랑합니다

사랑은 실천하기에 따라
다르다는 나팔꽃 얘기를 듣고
민망해서 혼났습니다.

**설명** 전봇대를 올라가는 나팔꽃이 보이죠. 그리고 나팔꽃을 바라보고 있는 내가 보입니다. 그러다가 나팔꽃이 들려준 이야기 앞에서 민망해하는 모습도 보이는 듯하네요.

## 믿거나 말거나 _ 윤보영

모닥불 속에서
돌멩이 하나가
내 가슴에 뛰어들었다가
화상을 입었습니다

불보다 뜨겁게

그대 생각하고 있는 줄 모르고.

**설명** 정말 믿거나 말거나 한 시입니다. 하지만 독자들은 웃으면서 공감해 줍니다. 시 속에 타고 있는 모닥불이 보이고 화상 입은 가슴이 보이죠. 가끔 말이 안 되는 것도 공감을 불러올 수 있습니다.

자신감 _ 윤보영

네 생각
한 트럭 보내봐라
내가 많다고 하나.

**설명** 짐이 가득 실려 있는 트럭이 보입니다. 양이 적다고 하니 전국에 있는 트럭을 다 모아서 싣고 싶은 생각이 듭니다.

■□■ **그림으로 시를 쓰는 과정**

① 대상 찾기 : 그림이 될 만한 사물을 찾아보세요.

→ 연밥 위에 잠자리가 앉아 있네

→ 탑

② 그림 그리듯 묘사하기 :

→ 연못물에 연잎/ 연잎 위에 연밥/ 연밥 위에 잠자리 한 마리


③ 생각 얹기 : 탑같이 보입니다.

→ 총총총총/탑 한 채가 세워졌다


④ 완성하기

　　　　　연못 물에 연잎

　　　　　연잎 위에 연밥

　　　　　연밥 위에 잠자리 한 마리

　　　　　총총총총 탑 한 채가 세워졌습니다.


■□■ 메모 작성(예시)


| 구분 | 작성 내용 | |
|---|---|---|
| **메모**<br>**만들기** | 대상 찾기 | |
| | 묘사하기(그림 그리듯) | |
| | 생각 얹기 | |
| | 완성하기 | |


■□■ 위 순서에 따라 시상을 메모하고 시를 완성해 보세요.

# 제8공식으로 감성시 쓰기 연습

제8공식 '비교하기'는 짧은 감성시를 쓰는 데 가장 응용하기 쉬운 방법입니다. 비교기법을 이용하면 시맛이 나고 이 시맛을 느낀 독자들의 반응도 좋습니다.

다만, 비교기법에서 주의할 점은 사물을 먼저 제시했으면 생각을 비교하되 그 생각은 제시된 사물과 연관된 것으로 당연히 독자들이 주인공이 되도록 전개해야 합니다. 비교기법으로 시를 쓸 때 사물을 먼저 제시하고 생각을 비교하지만, 가끔 생각에 사물을 비교할 때도 있습니다.

## ■□■ 사물 제시

먼저 비교할 대상을 제시합니다. 이해를 돕기 위해 사례를 들어보겠습니다.

## 거미 _ 윤보영

거미는
먹이를 구하기 위해
거미줄을 치고

나는
그리움을 간직하기 위해
그대 생각을 엮는다.

**설명** 거미가 거미줄을 치는 목적을 제시하고 내 그리움을 비교시킬 때 그림이 선명하게 그려지는 시입니다.

## 억새 _ 윤보영

억새는
바람에 흔들리고

나는
그대 생각에 흔들리고.

**설명** 흔드는 수단을 제시하고 그 흔들림이 나로 이어지도록 전개했어요.

## 커피를 마시다가 _ 윤보영

창밖에는 찬 기온이
단풍을 물들이다
가을이라 얘기하고

창 안에는
따뜻한 그대 생각이
그리움을 물들이다
사랑이라 얘기하고.

**설명** 창밖과 창 안을 비교하고 창 안에서 비교할 수 있는 그대를 이끌어 왔죠.

## 아름다운 역할 _ 윤보영

커피는 내 안에 들어가
잠시 바쁜 일상을 지우는 것이
역할이고

그대 생각은
힘들어하는 나를
기분 좋게 만드는 것이
역할이고.

**설명** 우리가 흔히 마시는 커피! 바쁜 일상에서 커피 한 잔 마시며 생긴 여유를 시로 연결시켰어요.

■□■ 비교기법으로 메모하는 과정(예시)

① 소재 찾기(주위에서 사물 정하기)

→ 책상 위에 컴퓨터가 있다

② 사물의 특성을 찾거나 사용하는 과정 관찰하기

→ 컴퓨터는 전기 코드를 꽂아야 화면을 볼 수 있다

③ 생각 얹기(내 그리움도 그대 생각이 있어야 그대 모습을 볼 수 있다.)

→ 컴퓨터는 전기 코드를 꽂아야 화면을 볼 수 있고

→ 내 그리움은 그대 생각을 꺼내야 그대 모습을 볼 수 있고

④ 완성하기

컴퓨터 _ 윤보영

새 컴퓨터는
전기 코드를 꽂아야
화면을 볼 수 있고

내 그리움은
그대 생각을 꺼내야
그대 모습을 볼 수 있고.


■□■ **아래 제시어로 각 1편씩 2편의 메모를 적어 보세요.**


① 제시어 : 신발

- 신고 있는 신발은 무엇인가요? → 구두
- 어떤 구두가 생각나나요? → 새로 산 구두
- 새 구두가 왜 생각나나요? → 불편해서
- 새로 산 구두가 불편을 주었듯이 우리 주변에서 새로 산 신발 같
  은 느낌이 드는 사람이 있나요? 당연히 반대 개념으로 갈 수도 있
  죠. '새 신발과 달리 오래 신던 신발처럼 편한 사람이 있다'든지,
  '아버지는 세상을 살아가는 데 늘 오래 신은 신발'이라든지 → 새
  신발과 달리 오래 가슴에 담고 있는 첫사랑이 편하다.


  신발 _ 윤보영


  신발을 샀습니다
  신기도 불편하고
  걷기도 불편하고
  신발도 당신 닮아
  오래 신던 것이 좋나 봅니다.

② 제시어 : 낙엽

- 어떤 낙엽을 보았나요? → 은행나무잎
- 이 은행나무잎이 왜 기억났나요? → 은행나무잎을 줍다가 좋아했 던 사람이 생각나서
- 은행나무잎과 좋아했던 사람 생각을 조합해 보세요 → 은행나무 잎을 줍다가 보고 싶은 사람 생각을 주웠다.

### 은행나무 숲 _ 윤보영

곱게 물든
은행나무 길을 걷다가
그리움만 줍고 왔습니다
사랑도 지나치면 병이 된다지만
솔직하게 고백하면,
오늘 그 병에 걸리고 싶더군요.

■□■ 위 순서에 따라 시상을 메모하고 시를 완성해 보세요.

# 제9공식으로 감성시 쓰기 연습

제9공식 '몰아가기'는 특정 소재를 시로 이어 씀으로써 그 분야의 전문 시인이 되는 겁니다. 저는 1만여 편의 시를 발표하고 20여 권의 시집을 발간하면서 여러 가지 닉네임이 생겼습니다. 별 시인, 도자기 시인, 사과 시인, 들꽃 시인, 비 시인, 구절초 시인….

첫 시집은 별 관련 시 120편을 모아 『소금별 초록별』이라는 제목으로 펴냈습니다. 처음에는 주로 고향이나 그리움, 어린 시절 이야기, 부모님이나 가족 관련 이야기를 적다가 별에 대한 시를 쓰게 되었고 별 1에서 별 300까지 이어졌습니다. 이 '별' 속에는 하늘의 별뿐만 아니라 계급장 장군별, 별 관련 전설, 별무늬, 꿀밤을 맞고 느꼈던 별 등 다양한 별이 등장합니다. 그러다 보니 자연스레 '별 시인'이 되었고, 별 관련 책에도 인용되거나 별 관련 행사에 '별 시인'으로 초대받기도 했습니다.

그리고 문경 지역에서 생산되는 전통 도자기, 백자와 분청사기를 내용으로 시집을 발간해 '도자기 시인'으로 불리기도 했고, 문경과 충주 지역에서 많이 생산되는 사과 관련 시를 써서 '사과 시인'으로 불리기도 했습니다. 당연히 사과 관련 행사에 초대되어 사과 자작시를 낭독하기도 했습니다.

또 서울 강북구 우이동에 있는 카페 백란에서 커피 시를 쓰기 시작해 일 년에 1,500여 편을 발표하자 독자들이 '커피 시인'이란 애칭을 붙여 주었습니다.

이처럼 한 가지 소재로 전문지식을 담아 쓴 시를 SNS 등에 지속해서 올리며 특화되어 가는 과정을 '몰아가기'로 이름 붙였습니다. 누구든 같은 소재로 시 1천여 편을 쓰고 발표하면 시 소재를 딴 이름이 붙습니다.

다만, 이렇게 한 가지 소재로 시를 쓰려면 관련 자료를 찾아서 읽고 전문지식을 많이 알아야 합니다. 전문지식이 없으면 전문가들이 활동하는 공간에 진입하기 어렵습니다. 저 역시 커피 바리스타 자격증을 취득했고, 커피 전문가를 찾아다니며 개인 강의까지 듣는 등 남다른 열정으로 시 쓰기를 실천했습니다.

**사례 1 : 커피**

커피 _ 윤보영

커피에 설탕을 넣고
크림을 넣었는데 맛이 싱겁네요
아!
그대 생각을 빠뜨렸군요.

### 화요일 커피 _ 윤보영

하하하 웃다가
화사하게 꽃을 피우는 날이
화요일이라 했지요

그 꽃을 나의 꽃으로 피우다 보니
내 가슴은 온통 꽃밭이 되었어요
그런데 꽃밭에서
커피 향이 나는 이유는 무엇일까요?

화요일, 오늘도 동화처럼
커피 좋아하는 그대 생각하며
꽃을 피웠기 때문입니다.

## 사례 2 : 비

### 비 1 _ 윤보영

내리는 비에는 옷이 젖지만
쏟아지는 그리움에는 마음이 젖는군요
벗을 수도 없고 말릴 수도 없고.

### 비 2 _ 윤보영

비가 내리는군요
내리는 비에 그리움이 젖을까 봐
마음의 우산을 준비했습니다
보고 싶은 그대여.

### 비 7 _ 윤보영

비가 내립니다
내 마음에 빗물을 담아
촉촉한 가슴이 되면
꽃씨를 뿌리렵니다
그 꽃씨 당신입니다.

비 10 _ 윤보영

내리는 비는
우산으로 가릴 수 있지만
쏟아지는 그리움은
막을 수가 없군요
폭우로 쏟아지니까요.

**설명** 비를 내용으로 이어 쓴 시도 꽤 인기가 있습니다. 시 제목을 떼고 비시를 모아 '가슴에 내리는 비'로 제목을 바꿔서 낭송한 영상이 무려 24만 회(2023년 3월 기준) 이상 조회수를 기록했습니다. 감사의 뜻으로 영상작가에게 감사패를 드렸습니다.

## 사례 3 : 별

별 _ 윤보영

세상에서 가장 빛나는 별
사랑이 빛이 된 별
내 가슴에 떠서
날마다 행복하게 해 주는 별.

별이 되어 _ 윤보영

내 안의 그대와 얘기하다
헤어지고 잠을 잤습니다
꿈속에서 만난 그대
그리움으로 들어가다
별이 되었다는군요
그때부터
별 하나가 유난히 반짝였습니다.

별 _ 윤보영

하늘에서 딴 별을
가슴에 다는 것보다
가슴에서 딴 별을
하늘에 달 때 더 빛이 납니다
그대라는 별은.

**설명** 별은 누구나 좋아하죠. 가슴에 별이 있기 때문입니다. 그 별은 고향 하늘의 별도 될 수 있고, 부모님이 될 수 있고, 아름다운 기억 속의 연인과 친구도 될 수 있습니다.

사례 4 : 들꽃

들꽃 _ 윤보영

들꽃을 보다가 웃었습니다
나비가 날아들고
벌이 날아들고
잠자리가 날아들고
그러다
그대 생각이 걸어 나오는 거 있죠
반가워서 웃었습니다.

들꽃 _ 윤보영

들길에 꽃이 피었다
작아도 눈길 끄는 꽃
너를 닮아
가슴에 담아 온 그 꽃!

들꽃 _ 윤보영

마음이 아름다운 꽃은 보았지만
생각까지 아름다운 꽃은 처음입니다

송이송이 제 가슴에 꽃으로 다가와

그리움으로 피는 그대!

## 사례 5 : 짜장면

블랙데이 1 _ 윤보영

오늘은
연인 없는 사람들이
짜장면 먹는 날

그런데
연인 있는 사람도
짜장면을 먹을 수 있는 날
시치미 뚝 떼고 먹으면
그 맛이 최고인 날!

## 블랙데이 2 _ 윤보영

짜장면 먹는 날이라고
짜장면만 먹을 건가요
친구가 있고
동료와 가족이 있는데
짜장면 먹고 나서
커피 한 잔 어때요?
참, 커피
연인과 함께라면 더 좋고요.

## 블랙데이 3 _ 윤보영

연인이 아니면 어때?
없으면 없는 대로
우리끼리 만나자
비벼 놓은 짜장면에
눈물이 담겨도 내년이 있잖아
나는 너를 위로하고
너는 나를 위로하고 우리끼리 만나자.

**설명** 4월 14일 블랙데이에 짜장면을 내용으로 시를 썼고, 이 시로 시화를 만들어 식당에 붙이고 짜장면을 먹으면서 행사를 추진할 계획입니다.

■□■ 몰아가기로 시를 적는 과정(예시)

① 소재(대상) 찾기
→ 한 가지 소재 정하기 : 무궁화꽃

② 무궁화에 대해 지금까지 배운 공식을 적용해서 짧은 감성시를 씁니다.

무궁화 _ 윤보영

무궁화는
내 가슴에 핀 꽃
일 년 내내 지지 않고
사랑으로 핀 꽃
내 얼굴에 미소가 일게 핀 꽃!

③ 이어가기 : ②에서 적용한 공식과 다른 공식을 이용해 무궁화꽃 시를 다시 적습니다.

무궁화 _ 윤보영

내 가슴에
무궁화 나무를 심었습니다

대한민국 어디를 가도
내가 먼저 알아보게
꽃이 핀 채 심었습니다.


■□■ 아래 제시어로 감성시 각 1편씩 2편의 메모를 적어 보세요.


① 제시어 : 그릇
- 지금 주방이나 식탁 주변에 어떤 그릇이 있나요? → 접시
- 어디에 접시가 있나요? → 주방에 빈 접시가 있다
- 왜 접시를 선택했나요? → 빈 접시가 반찬이 담겨지길 기다리고
  있는 것 같아서
- 빈 접시에 어떤 반찬을 담고 싶나요? → 좋아하는 가지 요리
- 가지 요리를 담으면 접시가 어떤 생각을 할 것 같은가요? → 맛있
  는 가지를 담아 놓고 '좋아하는 사람' 생각할 것 같다.
- 완성하기


   접시 _ 윤보영


   주방에 빈 접시가 있다
   접시는 반찬을 담아야
   제 역할을 한다
   내 안에도 빈 접시가 있다
   그대 좋아하는 요리를 담아두고

그대와 함께 먹고 싶은 접시.

※ 실제 특정 물건으로 시상을 잡았다 해도 정리하는 과정에서 수정되고 다른 시가 될 수도 있습니다.


② 제시어 : 청소기
- 집 안에 청소기가 있나요? → 거실 구석에 청소기가 있다
- 청소기의 역할은요? → 집 안을 깨끗하게 청소하는 것!
- 거실 외에 다른 곳을 청소할 수는 없을까요? → 바쁜 일상을 청소할 수 있다, 시도 때도 없이 나는 그대 생각도 할 수 있다
- 바쁜 일상을 청소하면 무엇이 남을까요? → 그대 생각, 장미 한 송이
- 완성하기


### 청소기 _ 윤보영

바쁜 내 일상에
청소기를 돌린다면
그대 생각만 남겠지
너무 좋아 자나깨나
청소기만 돌리고 있겠지.


한 가지 덧붙인다면 북한산 둘레길 2구간에는 애국지사를 모신 순례길이 있습니다. 여기에 모신 이준 열사, 이시영 선생, 조병옥 박사 등 애

국지사 16분의 묘소를 찾아다니며 적은 추모사를 묘소마다 설치했습니다. 이 또한 애국지사 관련 글을 이어 적었기에 가능했다고 봅니다.

■□■ 위 순서에 따라 시상을 메모하고 시를 완성해 보세요.

# 제10공식으로 감성시 쓰기 연습

제10공식은 '제목으로 시 만들기'입니다. 시를 쓸 때 가능하면 글자수를 줄여 긴장감을 높이는 대신 그 긴장감으로 감성을 자극하여 감동으로 이어지게 해야 합니다. 이처럼 시에 담긴 글자수를 줄이는 대신 독자가 소비한 시간에 대한 보상을 감동으로 제공해 주는 것이 독자에 대한 배려이고 시의 경제성이라 할 수 있습니다.

시는 무조건 길어야 한다는 규정은 없지만 짧아야 한다는 규정 역시 없습니다. 시는 그냥 시인이 느낀 것을 표현해서 읽는 사람에게 감동을 주면 됩니다. 물론 시에 따라 등단시, 목적시처럼 길어야 할 때도 있지만, 여기서는 감성시를 중심으로 살펴보겠습니다.

시를 쓸 때 제목, 즉 시상의 대상을 적어놓고 느낀 점을 쓰기도 하는데, 감성이 잘 담기면 감동을 주는 시가 되죠. 하지만 주의해야 할 점은 결론 부분인 마지막 내용을 제목으로 해야 하는데 생략하면 글맛이 사라지고, 결국 읽고 난 뒤 무슨 내용인지 모를 우려도 있습니다. 제목으로 시 쓰기를 하면 결론 부분이 제목이 되기도 하고, 또 글 내용을 요약해서 제목으로 쓰기도 합니다. 예를 들어보겠습니다.

보고 싶어서 _ 윤보영

코로 올라가
눈을 지나 이마를 넘어
산도 아닌 그대 얼굴
넘어도 넘어도 그리워
생각을 접었습니다.


사랑하면 _ 윤보영

눈이 예쁘다
눈이 예쁘다
볼 때마다
그런 생각이 들었는데
이제 보니, 코도 예쁘고
웃는 모습도 예쁩니다
다 예쁩니다.


그대 떠나던 날 _ 윤보영

흐르는 물에
그리움을 던졌다
그대 생각이 모여
강물 되는 줄도 모르고.


장미꽃 _ 윤보영

내 가슴에 핀
선물 같은 꽃
힘들 때마다 꺼내 보면
웃게 해 주는 꽃
그대 생각이 피운 꽃.


■□■ 아래 제시어로 감성시를 메모해 보세요.


① 제시어 : 잡초


② 잡초를 어디서 보았나요? → 텃밭에 잡초가 자란다

③ 잡초의 의미를 아시나요?

→ 잡초는 보이는 대로 뽑아야 한다

→ 잡초는 뽑아도 뽑아도 다시 돋아난다

→ 농작물에 피해를 주니까 뽑아야 한다


④ 잡초와 우리 인생을 비교해 주세요.

→ 잡초도 우리 인생이다


⑤ 내가 잡초라면 내게 무슨 말을 해 줄 것인가?

→ 늘 그리운 그대가
  내 가슴에 돋아난
  잡초라면 좋겠습니다


⑥ 완성하기


잡초 _ 윤보영


화단에 잡초가 자랍니다
뽑아도 뽑아도 자라는 잡초
죽기 전에 그대 한 번 보고 싶은 나도
늘 그리운 그대 가슴에
잡초로 돋아났으면 좋겠어요.

■□■ 제10공식은 인위적인 것보다 시를 쓰다 보면 글맛을 내기 위해 이루어지는 과정으로 보면 됩니다. 제목을 시로 쓴다기보다 지금까지 메모한 내용 중에 제목이 시가 된 경우를 중심으로 작성해 보세요.

윤보영 감성시 쓰기 공식 10
윤보영 시인처럼 감성시 쓰기